GE   W9-BIM-703

François Mauriac est né en 1885 à Bordeaux où il étudie chez les Marianistes et à la Faculté des Lettres. Il renonce à l'École des Chartes pour faire ses débuts littéraires en 1909 avec des poèmes. La notoriété lui vient par ses romans publiés après la guerre de 1914 : Le Baiser au Lépreux, Le Nœud de Vipère, Genitrix, Le Désert de l'Amour, *etc. Il est élu à l'Académie française en 1933. Romancier et poète, il est aussi dramaturge (*Asmodée, Le Feu sur la Terre*), essayiste et polémiste (*Le Bloc-notes*). Ses œuvres lui ont valu le Prix Nobel en 1952. Il est décédé à Paris le 1er septembre 1970.*

Des dents qui claquent, une plainte : Mathilde Cazenave agonise. Derrière la porte, sa belle-mère écoute ces bruits annonciateurs de son triomphe. D'ici peu, elle aura reconquis totalement son fils bien-aimé sur l'institutrice dont il s'est entiché à cinquante ans passés. Pas pour longtemps, d'ailleurs — deux mois après le mariage, Fernand se réinstallait dans sa chambre de garçon, près de la sienne. Elle a trop tôt chanté victoire. Sur le visage apaisé de la jeune morte, Fernand entrevoit ce qu'auraient pu être Mathilde heureuse, la vie à deux, le bonheur. Qui l'a empêché de s'entendre avec elle sinon sa mère ? Vieil enfant égoïste et gâté à qui l'on vient de retirer son jouet, il se retourne contre cette *genitrix* coupable de l'avoir trop choyé. Défaite temporaire dont François Mauriac analyse les phases avec une lucidité sans complaisance dans ce roman âpre et poignant, une de ses œuvres les plus célèbres.

FRANÇOIS MAURIAC

DE L'ACADÉMIE FRANÇAISE

Genitrix

ROMAN

GRASSET

© *Bernard Grasset, 1923.*
Tous droits de traduction, de reproduction et d'adaptation
réservés pour tous pays.

A MON FRÈRE

LE DOCTEUR PIERRE MAURIAC

PROFESSEUR AGRÉGÉ A LA FACULTÉ DE MÉDECINE DE
BORDEAUX

Je confie ces malades en témoignage
de ma tendre admiration.

F. M.

I

« ELLE dort.

— Elle fait semblant. Viens. »

Ainsi chuchotaient, au chevet de Mathilde
Cazenave, son mari et sa belle-mère dont, entre
les cils, elle guettait sur le mur les deux ombres
énormes et confondues. Marchant sur leurs
pointes craquantes, ils gagnèrent la porte. Mathilde entendit leurs pas dans l'escalier sonore;
puis leurs voix, l'une aiguë l'autre rauque,
emplirent le long couloir du rez-de-chaussée.
Maintenant ils traversaient en hâte le désert
glacé du vestibule qui séparait le pavillon où
Mathilde vivait de celui où la mère et le fils
habitaient deux chambres contiguës. Une porte
au loin se ferma. La jeune femme soupira d'aise,
ouvrit les yeux. Au-dessus d'elle, une flèche de
bois soutenait un rideau de calicot blanc qui
enveloppait le lit d'acajou. La veilleuse éclairait quelques bouquets bleus sur le mur et,
sur le guéridon, un verre d'eau vert à filet
d'or que la manœuvre d'une locomotive fit vi-

brer, car la gare était voisine. La manœuvre finie, Mathilde écouta cette nuit murmurante du printemps au déclin (comme lorsque le train est en panne en rase campagne et que le voyageur entend les grillons d'un champ inconnu). L'express de vingt-deux heures passa, et toute la vieille maison tressaillit : les planchers frémirent, une porte dut s'ouvrir au grenier ou dans une chambre inhabitée. Puis le train gronda sur le pont de fer qui traverse la Garonne. Mathilde aux écoutes jouait à suivre le plus longtemps possible ce grondement que bien vite domina un froissement de branches. Elle s'assoupit, puis se réveilla. De nouveau son lit tremblait; non le reste de la maison, mais son lit seul. Nul convoi pourtant ne traversait la gare endormie. Quelques secondes encore passèrent avant que Mathilde connût qu'un frisson secouait son corps et le lit. Ses dents claquaient, bien que déjà elle fût chaude. Elle ne put atteindre le thermomètre à son chevet.

Puis elle ne frissonna plus, mais un feu intérieur montait comme une lave; elle brûlait. Le vent nocturne gonfla les rideaux, emplit la chambre d'une odeur de seringa et de fumée de charbon. Mathilde se souvint que, l'avant-veille, pendant qu'elle était inondée du sang de sa fausse-couche, elle avait eu peur, sur son corps, des mains prestes et douteuses de la sage-femme.

« Je dois dépasser 40°... Ils n'ont pas voulu que je sois veillée... »

Ses yeux dilatés fixèrent au plafond l'auréole vacillante. Ses deux mains enserrèrent ses jeunes seins. Elle appela d'une voix forte :

« Marie! Marie de Lados! Marie! »

Mais comment eût-elle été entendue de la servante Marie (appelée de Lados parce qu'elle était née au bourg de Lados) et qui dormait dans une soupente? Quelle était cette masse noire, près de la fenêtre, cette bête couchée et comme repue — ou tapie peut-être? Mathilde reconnut l'estrade que sa belle-mère avait autrefois fait dresser dans chaque chambre, afin de pouvoir commodément suivre les allées et venues de son fils, soit qu'il fît au Nord le « tour du rond » ou qu'il arpentât l'allée du Midi, ou qu'elle guettât son retour par le portail de l'Est. C'était sur une de ces estrades, celle du petit salon, qu'un jour de ses fiançailles Mathilde avait vu se dresser l'énorme femme furieuse, piétinante et criant :

« Vous n'aurez pas mon fils! Vous ne me le prendrez jamais! »

Cependant la lave de son corps refroidissait. Une fatigue infinie, un brisement de tout l'être la détournait de remuer un doigt — fût-ce pour décoller la chemise de sa chair suante. Elle entendit grincer la porte du perron. C'était l'heure où Mme Cazenave et son fils, munis d'une lanterne, gagnaient à travers le jardin

les lieux secrets construits près de la maison
du paysan et dont ils détenaient la clef. Mathilde imagina la scène quotidienne : l'un
attendait l'autre et ils n'arrêtaient pas de causer
à travers la porte où était dessiné un cœur.
Et de nouveau elle eut froid. Ses dents claquèrent. Le lit trembla. D'une main, elle chercha le cordon de la sonnette — système antique
et hors d'usage. Elle tira, entendit le frottement
du fil contre la corniche. Mais nulle cloche
ne retentit dans la maison ténébreuse. Mathilde
recommençait de brûler. Le chien, sous le
perron, gronda, puis son aboi furieux éclata
parce que quelqu'un marchait sur la petite
route entre le jardin et la gare. Elle se dit :
« Hier encore, que j'aurais eu peur! » Dans
cette maison immense, toujours tressaillante et
dont les portes-fenêtres n'étaient pas même dé-
fendues par des volets pleins, elle avait connu
des nuits de terreur folle. Que de fois s'était-
elle dressée sur ses draps, criant : « Qui est
là? » Mais elle n'a plus peur — comme si, à
travers ce brasier, personne au monde ne pouvait plus l'atteindre. Le chien gémissait toujours, bien qu'eût cessé tout bruit de pas.
Mathilde entendit la voix de Marie de Lados :
« Quès aquo, Péliou! » et elle entendit aussi
Péliou joyeux fouetter de sa queue la pierre
du perron, tandis que Marie l'apaisait avec
du patois : « Là! là! tuchaou! » La flamme
abandonnait de nouveau cette chair consumée.

Sa fatigue immense devenait une paix. Elle croyait étendre ses membres rompus sur le sable, devant la mer. Elle ne pensait pas à prier

II

Loin de cette chambre, au-delà du vestibule, dans le petit salon voisin de la cuisine, la mère et le fils, bien qu'on fût en juin, regardaient naître et mourir la flamme d'une bûche. Elle avait abandonné sur son ventre un bas à demi tricoté et grattait, d'une longue aiguille, sa tête où un peu de crâne blanc paraissait entre les mèches teintes. Il s'était interrompu de découper avec les ciseaux maternels des maximes dans une édition populaire d'Epictète. Cet ancien élève de « Centrale » avait décidé que le livre où tiendrait l'essentiel des sagesses enseignées depuis qu'il y a des hommes, lui révélerait mathématiquement le secret de la vie et de la mort. Ainsi colligeait-il avec application des apophtegmes de toutes provenances et rien que ce divertissement du découpage, comme lorsqu'il était enfant, le secourait. Mais, ce soir, la mère ni le fils ne pouvaient se détacher de leurs pensées. D'un seul élan, Fernand Cazenave se dressa sur ses longues jambes et dit :

« Il me semble qu'on appelle. »

Et il traîna ses pantoufles vers la porte. Mais
sa mère diligemment le rattrapa :

« Tu ne vas pas encore traverser le vestibule? Tu as toussé trois fois, ce soir.

— Elle est toute seule. »

Que voulait-il qu'elle risquât? En faisait-il
des histoires pour un « accident »! Il prit le
bras de la vieille femme et lui dit d'écouter.
Rien qu'une locomotive et qu'un rossignol dans
la nuit; rien que la maison toujours un peu
craquante à cause des manœuvres de la gare.
Mais, jusqu'au premier train de l'aube, elle
ne frémirait plus. Parfois, pourtant, en dehors
des horaires officiels, les longs convois de marchandises faisaient trembler la terre et chacun
des Cazenave, éveillé en sursaut, allumait sa
bougie pour voir l'heure. Ils se rassirent; et
Félicité, pour détourner l'attention de son fils :

« Tu te rappelles? tu voulais découper une
pensée que tu as lue cette nuit. »

Il se souvenait. C'était dans Spinoza : quelque chose comme « la sagesse est une médi-
tation de la vie et non de la mort ».

« C'est bien, n'est-ce pas? »

Comme il avait le cœur malade, la terreur
de l'agonie inspirait son choix de maximes. Il
allait aussi d'instinct à celles que comprenait
sans effort son intelligence moins exercée aux
idées qu'aux chiffres. Il se promena à travers
la pièce tapissée d'un papier vert où étaient

des cartes en relief. Un canapé et des fauteuils recouverts de cuir noir rappelaient l'ameublement des salles d'attente. D'étroites et longues bandes d'étoffe lie de vin encadraient les fenêtres. La lampe posée sur le bureau éclairait un livre de comptes ouvert, une sébile où étaient des plumes, un aimant et un bout de cire noircie. M. Thiers souriait dans le cristal d'un presse-papier. Comme Fernand revenait du fond de la pièce vers Mme Cazenave, il vit sur cette figure grise et enflée la grimace d'un rire contenu. Il l'interrogea du regard. Elle dit :

« Ça n'aurait pas même été un garçon. »

Il protesta qu'on n'en pouvait tenir rigueur à Mathilde. Mais la vieille dodelinait de la tête et, sans lever les yeux de son tricot, se vanta d'avoir, dès la première entrevue, « percé à jour cette petite institutrice ». Fernand qui s'était rassis près du guéridon où luisaient les ciseaux parmi les livres de sentences déchiquetés, risqua :

« Quelle femme aurait trouvé grâce devant toi ? »

La fureur joyeuse de la vieille dame éclata :

« En tout cas, pas celle-là ! »

Dès le second jour, elle l'avait jugée, lorsque cette péronnelle avait osé interrompre d'un « vous l'avez déjà raconté », le récit de ses concours où se complaisait Fernand, le rappel du seul échec qu'il eût essuyé à Centrale et

du traquenard de ce problème qu'il n'avait
pas su voir, — enfin de son joli geste, ce soir-là,
quand pour montrer sa force d'âme il passa
son frac et alla entendre à l'Opéra *Les Hugue-
nots.*

« Et tout le reste que je ne veux pas dire! »

Ah! l'idiote avait eu vite fait de se couler!
Il n'avait pas fallu deux mois pour que le fils
bien-aimé revînt dormir dans son petit lit de
collégien tout contre la chambre maternelle.
Et l'intruse était restée presque toujours seule
dans l'autre pavillon. Elle compta désormais
un peu moins que Marie de Lados jusqu'au
jour où elle sut imiter ces femmes qui, pendant
la Terreur, à la dernière minute évitaient
l'échafaud en se disant enceintes. La coquine
n'avait d'abord que trop réussi. Elle était devenue sacrée à Fernand. Il crevait d'orgueil
parce qu'il y aurait peut-être un Cazenave de
plus dans le monde. Autant qu'un grand sei-
gneur, Fernand vénérait son nom — ce qui
exaspérait Félicité née Péloueyre, issue de « ce
qu'il y avait de mieux dans la Lande » et
qui n'aimait point se souvenir que lorsqu'en
1850, elle entra dans la famille Cazenave, la
grand-mère de son mari « portait encore le
foulard ». Pendant ces cinq mois de grossesse,
il n'y avait donc pas eu à lutter... Ah! certes,
en dessous, la vieille avait agi. Car enfin l'ennemie aurait pu accoucher d'un garçon vivant...
Dieu merci, la sage-femme disait déjà que Ma-

thilde était mal conformée et vouée aux « accidents ».

« Je te connais, chéri; tu ne te serais pas intéressé à une petite fille. Sa vue t'aurait attristé. Tu aurais eu les mêmes ennuis, les mêmes dépenses que pour un garçon. Et d'abord une nourrice : Mathilde n'eût pas été capable de nourrir. Elle n'est pas bonne à ça. Moi, j'étais sur pied huit jours après ta naissance et ne t'ai sevré qu'à dix-huit mois : j'ai recommencé avec ton pauvre frère Henri. »

Il se leva, embrassa le front de sa mère et dit avec solennité :

« Tu es le type achevé d'une fondatrice de race. »

Il se rassit et de nouveau les ciseaux grincèrent.

« Dis, Fernand, qu'est-ce que tu aurais fait d'une petite fille? »

La vieille dame insistait, ne se fatiguait pas de contrôler sa victoire :

« Tu vois d'ici une petite fille qu'elle aurait dressée à nous haïr? »

Il fixa dans le vide ses yeux saillants et ronds comme s'il y cherchait le fantôme puéril, l'épouvantail frêle qu'inventait sa mère. Mais, faute d'imagination, il ne le vit pas.

Il ne vit pas la petite enfant qu'à cette minute même sa jeune femme évoquait pour se consoler de mourir seule dans une chambre.

Ce paquet sanglant qu'avait emporté la matrone serait devenu l'être vivant dont Mathlide crut sentir à son sein la morsure. Quel eût été son visage? La fiévreuse découvrit dans son cœur une figure enfantine qui ne ressemblait à aucune qu'elle eût connue — une figure sans grande beauté et même un peu chétive avec, au coin gauche de la lèvre, ce signe que Mathilde avait aussi. « Je serais restée assise dans le noir près de son lit jusqu'à ce que fût passé le rapide qui souvent lui aurait fait peur. » Ce royaume où elle se fût enfermée avec la petite enfant n'aurait pas été du monde. Ceux qui la haïssaient n'auraient pu l'y poursuivre. Et voici que sa tête malade où le sang affluait ne pouvait plus se délivrer d'une question obsédante, insoluble, et qui était une torture : Dieu savait-il quel jeune arbre eût donné ce germe mort? Dieu savait-il ce qu'eussent été ces yeux qui ne s'étaient pas allumés? Ne retrouve-t-on pas dans la mort ces milliards d'êtres qui ont préexisté? Ce que fût devenu ce paquet de chair, ce qui était là retenu en puissance... Mais ici, la pensée de Mathilde défaillit. C'était l'instant où refluait la vague de feu, où la fièvre feignait d'abandonner son corps grelottant, inondé d'une sueur gluante, en proie à cet anéantissement qui est une préparation à la mort. Elle se sentait mise de côté par une féroce bête, ah! peut-être d'une seconde à l'autre près de revenir! Etalée dans son lit, sur le dos, elle guettait l'approche du frisson; elle en épiait les signes. Il ne revenait pas. Elle scrutait les profondeurs de son être comme un ciel où l'on n'ose croire que l'orage s'éloigne. Vivre, peut-être! Vivre! Des larmes lourdes et chaudes mouillèrent ses joues. Elle joignait, elle crispait ses mains suantes : « Souvenez-vous, ô Vierge toute pleine de bonté, que jusqu'à ce jour on n'a point entendu dire qu'aucun de ceux qui se sont mis sous votre protection, ont imploré votre secours, ait jamais été abandonné... » Elle était rejetée sur la plage de la vie; elle entendait de nouveau la musique nocturne du monde. La nuit respirait dans les feuilles. Les grands arbres sous la lune chuchotaient sans qu'aucun oiseau s'éveillât. Une vague de vent fraîche et pure qui, venue de l'Océan, avait couru sur les cimes des pins innombrables, puis sur les vignes basses, s'imprégnait d'un dernier baume dans les tilleuls odorants du jardin et venait enfin mourir sur cette petite figure exténuée.

III

Sa faiblesse était immense mais douce. Son cœur seul battait un peu follement sans qu'elle en souffrît. Non, non, elle ne mourrait pas et, vivante, ne laisserait plus l'adversaire l'accabler. Pourvu qu'une autre grossesse fût possible! Alors l'ennemie serait forcée de rendre les armes. Il suffisait de mater sa belle-mère : Fernand, ce ne serait qu'un jeu de lui passer la bride. Mais, épousée, elle avait eu la sottise de juger qu'il ne lui restait plus qu'à se laisser vivre sans se contraindre en rien. Ainsi se livra-t-elle à cette humeur moqueuse, retenue à grand-peine tout le temps des fiançailles. C'était croire au gain d'une partie pas même engagée. A travers les troènes qui séparent la propriété Cazenave du jardin des Lachassaigne où Mathilde faisait son métier d'institutrice, la belle affaire, songe-t-elle, d'avoir su attiser le désir de ce quinquagénaire timide! D'autant que le gros poisson avait donné, de son plein gré, dans la nasse tendue. Mathilde, qui épiait entre les

branches les débats de la mère et du fils, aurait
dû comprendre que cet homme la ramassait
comme une balle, qu'elle n'était rien entre ses
mains qu'une arme dans le combat quotidien
où jusqu'alors le fils avait toujours été jugulé
par la mère. Ce soir, gisante au fond d'un
abîme de fatigue, elle espère vaincre désormais
ses fous rires, émousser les pointes dont elle
avait rendu furieux Fernand Cazenave, idole
accoutumée aux adorations. Elle oublie que
toute une existence misérable l'a ainsi façon-
née, qu'elle s'est durcie, qu'elle s'est armée de
sécheresse, qu'elle a dressé la moquerie entre
le monde et soi.

Petite fille dans une maison basse du boule-
vard de Caudéran — ce qui à Bordeaux s'appelle une échoppe — déjà avec Jean son jeune
frère, ils riaient sous cape de leur père lorsque
ce professeur de troisième au lycée, l'œil fixe,
s'interrompait de corriger les devoirs : l'abat-
jour ne dispensait de lumière qu'aux mains
maigres sur les copies couvertes d'écritures pué-
riles, et verdissait étrangement cette race pétri-
fiée. Dès ce temps-là, Mathilde et Jean savaient
que leur mère n'était pas morte à Bordeaux
comme on l'avait prétendu, mais sous un autre
ciel, auprès d'un autre mari. Tout de même
ils riaient sans malice parce qu'ils n'entendaient
pas à côté d'eux gémir cet homme — gibier
forcé et aux abois.

Ce fut la dangereuse gloire de ce normalien dont la barbe était peignée, soignée comme le style, l'année qu'il donna aux jeunes filles du Cours R... dix leçons sur « le mal de René », ce fut sa gloire d'avoir conquis une demoiselle Coustous (la nièce de l'armateur, celle dont le père s'était ruiné avec une écurie de courses). Mais il ne sut pas la défendre contre le retour offensif d'un garçon de son monde. Telle avait été en tout ceci l'innocence du professeur que beaucoup de Coustous, dont aucun n'avait voulu assister au mariage, affectèrent de répondre à son salut après qu'il eut été trahi. Plus tard lorsque de successives petites fatigues cérébrales le mirent au point de ne pouvoir plus même corriger seul ses copies, Mathilde, alors étudiante, y suppléa, et c'était elle encore, chaque matin, qui aidait le malade à monter dans le tramway de la Croix-Blanche, et qui l'accompagnait jusqu'à une rue, derrière le lycée, afin de n'être point reconnue des externes. Immobile au bord du trottoir, elle regardait son père qui, les genoux fléchissants, s'éloignait vers la classe où un chahut l'attendait peut-être. A cette époque atroce, pourtant elle riait encore lorsque le cousin Lachassaigne « leur providence » jugeait inconcevable que le professeur ne songeât pas de lui-même à démissionner, ou lorsque Mme Lachassaigne (qui était née Coustous), répétait qu'elle savait bien que dans leur position elle aurait fait l'économie d'un salon et d'une bonne. Mathilde trouvait aussi comique la préférence avouée de son père et de ses cousins pour Jean dont chacun admirait la figure d'ange, les courtes boucles d'un or brûlé, les dents aiguës de son frais rire. Mais il s'échappait, le soir, par la fenêtre du salon. Mathilde veillait pour tirer le verrou de la grande porte lorsqu'il rentrerait après minuit, ses yeux candides et obscènes agrandis par le cerne des fatigue bienheureuses, les mains sales, sa chemise encore ouverte, et il y avait à son cou de fille la meurtrissure du dernier baiser. Elle accueillait sans un reproche mais avec une moquerie sèche cet ange fripé du petit jour. A l'époque où il fut l'amant d'une chanteuse des Bouffes, il porta au mont-de-piété quelques-unes des humbles pièces d'argenterie du ménage sans que Mathilde songeât même à prévenir son père ni les Lachassaigne. Elle crut tout sauvé le jour qu'il les dégagea et les remit dans le dressoir avec un repentir si tendre que, bien qu'elle se défendît d'être expansive, elle baisa le cher visage angélique — un peu moins frais depuis l'Avril et sali de menus boutons. L'ange s'envolait tout de même, chaque nuit de ce printemps fatal, et comme il n'était point corps si glorieux que de passer à travers les murs, il fallait que Mathilde lui tirât encore le verrou. Parfois, l'œil confus, l'ange refusait de se coucher, remuant au fond de sa poche de l'or qu'il jetait soudain sur la table et il disait qu'il y en aurait encore quand il n'y en aurait plus. Il sentait le tabac, le musc, il sentait le lit. Il fredonnait : « *Non, tu ne sauras jamais — ô toi qu'aujourd'hui j'implore — si je t'aime ou si je te hais...* » Elle le suppliait de ne pas réveiller le père. Il exigeait qu'elle allât chercher à la cuisine les restes. Mathilde s'étonnait de trouver à ces médianoches un délassement amer. Elle comprenait mal le propos de l'adolescent : tout contre cette fraîche pourriture, elle ne s'en trouvait pas atteinte, attentive à ces divagations jusqu'à l'heure grelottante du premier tramway.

Enfin éclata le scandale vite étouffé grâce au proviseur, aux Lachassaigne, aux Coustous, et dont Mathilde ne sut jamais rien, sinon que la police y mit le nez et qu'il fallait montrer beaucoup de gratitude aux Lachassaigne de ce qu'ils avaient pu embarquer Jean pour le Sénégal où les Coustous ont des comptoirs. Quelques mois survécut le père à demi conscient et dont les Lachassaigne disaient que, pour lui autant que pour les autres, on devait souhaiter sa fin. Le jour de la mort, ils répétèrent que c'était une délivrance. Mme Lachassaigne savait qu'à la place de Mathilde elle aurait eu la délicatesse de ne pas exiger de tentures noires puisque ce seraient eux qui, comme toujours, paieraient. Ils payèrent et même recueillirent l'orpheline dans leur propriété de Langon où

ils passaient la saison chaude. Mathilde avait
mission de ne pas surmener leur fille, une
enfant étique et « demeurée ». Les Lachassaigne disaient de leur cousine pauvre « qu'elle
avait du tact, qu'elle savait disparaître ». C'était
vrai qu'au dessert, il semblait qu'elle se vola-
tilisât. Pendant le repas même on eût dit qu'elle
éteignait ses cheveux blonds; ses yeux ne regardaient rien; sa robe avait la couleur des
boiseries. Aussi en sa présence le linge le plus
sale était-il lavé sans que le couple se méfiât
d'une doucereuse qui feignait de n'avoir pas
d'yeux, mais qui voyait — ni d'oreilles, mais
qui entendait. Ici, Mathilde contentait « jusqu'à plus soif », dans le secret, ce goût de
moquerie qui, chez les Cazenave, devait la perdre. Elle n'était alors que sécheresse, qu'aridité :
triste terre sans eau! Elle croyait savoir ce qu'est
un honnête homme par ce père trompé, ba-
foué, moins payé qu'un chauffeur de taxi (il
accumulait dans un pot le tabac de ses bouts
de cigarettes). Elle ne doutait point d'avoir
observé l'amour sous les traits fraternels de
l'ange aux plumes sales qui s'abattait, la nuit,
contre la porte écaillée de l'échoppe. Et voici
qu'elle considérait les Lachassaigne avec une
cruauté forcenée et sourde. Elle se disait que,
soucieux surtout de nourriture, ils en étaient
au même point d'engraissement, que la graisse
leur mangeait les yeux, que ce mari et cette
femme, on eût dit le frère et la sœur tant ils

avaient la même chair, les mêmes bajoues lui-
santes d'une sauce éternelle. Elle les comparait
à deux méduses dont les tentacules contractiles
n'eussent rien atteint au-delà de leur fille Hor-
tense « qui avait déjà au cou assez de perles,
écrivait Mathilde dans son carnet secret, pour
cacher les traces d'écrouelles ». Qu'elle les mé-
prisait, à table, lorsqu'ils parlaient sans hâte,
intercalant entre deux mots une longue bouchée! « Ils ne renouent qu'après la déglutition
le fil du discours, comme ceux qui ne sacrifient
jamais ce qu'ils mangent à ce qu'ils disent. »
Et elle composa leur épitaphe : « Ils mangèrent
et mirent de côté. »

Mais derrière les troènes de la haie, les ébats
d'un autre couple déjà l'avaient détournée de
se divertir avec les Lachassaigne. Cette haie
longeait l'allée du Midi chère à Fernand Cazenave. Il y fuyait la surveillance maternelle.
Jetant de droite et de gauche des regards peureux, le fils de cinquante ans tirait comme un
collégien sur la cigarette clandestine. S'il adve-
nait que Félicité fondît sur lui d'une des estrades où elle l'épiait, il n'avait pas toujours le
loisir d'enterrer le mégot dans un massif. Un
jour, Mathilde le vit dévorer en secret un melon
que lui défendait l'échauffement de ses entrailles et il en lança par-dessus la haie les côtes
dont l'espionne fut atteinte en plein visage.
Elle enveloppa dans un journal ces côtes accu-

satrices, courut chez les Cazenave, avertit Marie
de Lados qu'un maraudeur saccageait son po-
tager, puis de nouveau se tapit derrière les
troènes où lui parvint l'écho de la tempête
déchaînée.

Mais souvent aussi c'était son tour d'être
épiée. Elle feignait de ne point voir ce grand
buste de Cazenave, comme celui d'un dieu-
terme moussu, divisant les branches de néfliers,
de noisetiers et de troènes. Non certes qu'elle
fût tentée d'édifier des châteaux en Espagne
à propos de ce regard maniaque qui la couvait :
une jeune femme, au bord de la Garonne, est
accoutumée à cette gloutonnerie du regard, à
cette attention goulue des hommes. Mais
M. Lachassaigne taquinait Mathilde lourdement : il prétendait que Fernand Cazenave lui
posait des questions touchant la jeune fille,
son caractère, ses goûts; il voulait savoir si sa
mère était bien née Coustous... Comment Mathilde ne se fût-elle point souvenue alors de
dialogues surpris à travers la haie, dont elle
ne percevait que quelques éclats? (car la mère
et le fils, accrochés flanc à flanc comme de
vieilles frégates, s'éloignaient sur l'allée du
Midi et ne reparaissaient qu'une fois achevé
le tour du rond).

Elle croit les entendre, ce soir, dans ces ténèbres où telle est sa lassitude qu'il est au-

dessus de ses forces d'étendre le bras vers
l'édredon. Aucun frisson encore; mais des membres peuvent-ils surgir d'un tel abîme de fatigue? Ce brisement peut-il n'être pas éternel?
Corps rompu, non par la maladie, songe-t-elle,
mais sous les coups de cet homme et de cette
vieille femme qu'elle imagine à cette minute
dans le bureau où s'écoulèrent tant de veillées
lugubres. « Elle relève la bûche, elle écarte
les fauteuils, elle met le garde-étincelles. Elle
dit à son fils : « Je ne t'embrasse pas, j'irai
« te border... »

Mathilde se rappelle comme son cœur battait
le jour qu'accroupie derrière les troènes, elle
guettait l'orage montant des deux voix confondues. Au bout de l'allée, la mère et le fils sur-
gissaient enfin. C'était lui qui d'abord criait
le plus fort, accusant Mme Cazenave, lors des
dernières élections, de l'avoir obligé à décliner
l'offre du comité radical. Elle n'avait pas même
permis qu'il gardât son siège de conseiller gé-
néral... Ils avaient fait halte à quelques mètres
de Mathilde à l'affût. La vieille disait :
« J'ai voulu que tu vives d'abord, entends-
tu? que tu vives!
— Allons donc! Duluc m'assurait hier encore que j'étais bâti à chaux et à sable. Il me
promet que je vous enterrerai tous. Tu as voulu
que je vive... près de toi. Voilà le vrai.
— Toi, bâti à chaux et à sable? Duluc t'a

dit ça pour te flatter. Comme si, depuis ta
scarlatine à dix ans, tu n'avais pas eu des tas
de misères auxquelles les médecins ne compre-
naient rien! et puis ta bronchite chronique
l'année de ton volontariat... sans compter tout
ce que, depuis, tu es allé te chercher. »

Encore un tour, et quand ils reparurent la
jeune fille connut que la lutte avait repris sur
un nouveau terrain :

« Pour mieux me tenir, tu n'as pas voulu que
je me marie. Tu... tu as organisé ma solitude.

— Toi, marié? mon pauvre drôle! Je voudrais t'y voir.

— Ne m'en défie pas. »

La vieille haussa les épaules. A bout de
souffle, elle éventait avec son mouchoir sa face
bleuie. Mathilde aujourd'hui sait ce qu'alors
elle ignorait et sur quoi la mère fondait sa
sécurité : souvent déjà, au soir d'une dispute,
Fernand avait pris le train de Bordeaux avec
une valise où manquait l'essentiel, pour rejoindre cette personne que Mme Cazenave dé-
signait toujours sous le nom d'habitude.

« Vous savez, Fernand a malheureusement
à Bordeaux une habitude rue Huguerie. »

Elle ajoutait : « Il l'a bien dressée. Avec lui
on peut être tranquille. Elle ne le ruinera
pas. » Mais jamais son « habitude » n'avait
pu retenir Fernand plus de trois jours : il
revenait grelottant parce qu'il avait oublié ses
flanelles — accablé de sommeil parce qu'il

n'avait jamais pu dormir à deux — furieux à
cause des restaurants et des pourboires — enfin
perclus, déprimé, parce que cette espèce d'exer-
cice fatiguait ses centres nerveux.

« Je prendrai demain matin le train de dix
heures.

— A ton aise, mon fils. Bon voyage. »

Mathilde se souvient de quel ton ils glapirent
cette menace et cette réplique par quoi fut fixé
son destin. Car à peine les avait-elle entendues,
qu'elle décidait dans son cœur de prendre aussi
ce train de dix heures.

Il n'est plus temps de te leurrer toi-même.
Pas de frisson encore — mais un froid tel que
tu te persuades, sans trop y croire, qu'il vient
du vent nocturne et de cette sueur glacée sur
tes membres. Tu as voulu ton malheur. Rien
de tendre ne t'attirait vers ce vieil homme.
Un instinct de taupe te faisait chercher partout
une issue à ta vie subalterne. C'est le pire des
conditions basses qu'elles nous font voir les
êtres sous l'aspect de l'utilité et que nous ne
cherchons plus que leur valeur d'usage. Chaque être, chaque événement, tu les interro-
geais, tu les retournais comme des cartes,
espérant l'atout. Tu poussais toute porte entre-
bâillée — captive qui ne te souciais guère
qu'elle ouvrît sur la campagne ou sur un abîme.
Certes tu n'imaginais même pas que tes mani-
gances pussent réussir, ce matin où, sous un

prétexte de dentiste, tu pris un billet de seconde classe pour Bordeaux et t'installas en
face de Fernand Cazenave...

Mathilde ne doute plus maintenant : la tempête mortelle la tord de nouveau, la secoue,
la pénètre, s'acharne à cet arrachement d'un
jeune arbre vivace. Elle se souvient que petite
fille fiévreuse, cela l'amusait de claquer des
dents. Maintenant elle peut s'en donner à cœur
joie. Comme le lit tremble! Il ne tremblait
pas si fort, la première fois. Du fond de ce
cyclone, elle avait étrangement conscience de
la paix nocturne autour de son corps possédé.
Elle entendait dans un monde endormi et inac-
cessible un remuement d'oiseaux que la lune
éveille. La faiblesse du vent émouvait à peine
les plus hautes cimes. Seule! seule! Où était
le père qui venait s'asseoir auprès de son lit
dans ses maladies d'enfant et qui d'une main
maladroite relevait ses cheveux humides? A la
lueur de la veilleuse, il corrigeait des devoirs
jusqu'à ce que ce fût l'heure de la potion. Les
morts n'aident pas à mourir les vivants qu'ils
ont aimés. Elle prononça à voix haute le nom
de Jean son frère qui était peut-être encore au
monde. Il aurait fallu mettre plus d'insistance
à s'informer de lui, bien qu'il ne répondît à
aucune lettre... où avait-il sombré, ce faible
enfant? Elle ne frémissait plus. Elle entrait
maintenant dans la fournaise d'une fièvre atroce

et brûlait tout entière comme un jeune pin.
Elle voyait, sur une plage aride et dévorée par
un ciel de feu, une pourriture que la vague
inondait d'écume, puis délaissait pour la re-
couvrir encore, et bien que ce visage fût détruit
affreusement, elle savait que c'était celui de
Jean son frère. Mais vers aucun autre homme
que ce frère elle ne criait dans son délire.
Elle n'avait aimé personne. Elle n'avait pas
été aimée. Ce corps allait être consumé dans la
mort et il ne l'avait pas été dans l'amour.
L'anéantissement des caresses ne l'avait pas
préparé à la dissolution éternelle. Cette chair
finissait sans avoir connu son propre secret.

IV

UNE heure plus tard, la mère Cazenave fit craquer une allumette, regarda l'heure, — puis
fut un instant attentive, non à la nuit finissante
et recueillie, mais au souffle, derrière la cloison, du fils adoré. Après un débat intérieur,
elle quitta sa couche, glissa dans des savates
ses pieds enflés, et, vêtue d'une robe de chambre marron, une bougie au poing, sortit de la
chambre. Elle descend l'escalier, suit un corridor, traverse la steppe du vestibule. La voici
en territoire ennemi : aussi doucement qu'elle
monte, les marches craquent sous son poids.
Alors elle s'arrête, écoute, repart. Devant la
porte, elle a éteint sa bougie inutile et tend
l'oreille. Le gris petit jour est dans l'escalier.
Pas une plainte ni un gémissement, mais un
étrange bruit comme étouffé de castagnettes.
Les dents claquent, claquent et une plainte
enfin monte... Dieu seul put voir ce qu'expri-
mait cette tête de Méduse aux écoutes, et dont
la rivale, derrière une porte, râlait. Tentation

de ne pas entrer, de laisser ce qui doit être s'accomplir... La vieille hésite, s'éloigne, se ravise, tourne le loquet.

« Qui est là?

— C'est moi, ma fille. »

La veilleuse n'éclaire plus la chambre mais à travers les persiennes une pureté glacée. Mathilde regarde son cauchemar qui avance. Alors, les dents claquantes, elle crie :

« Laissez-moi. Je n'ai besoin de rien. C'est un peu de fièvre. »

La vieille demanda si elle voulait de la quinine :

« Non, rien, rien que le repos, que me tourner contre le mur. Allez-vous-en.

— A votre aise, ma fille. »

Tout est dit. Elle a fait son devoir. Elle n'a rien à se reprocher. Que les destins s'accomplissent.

Mathilde qui, dans un geste d'exécration, avait levé les deux mains, même après la fuite de l'ennemie, les tint un instant devant ses yeux, stupéfaite qu'elles fussent violacées. Son cœur s'affolait, oiseau qu'on étouffe et dont les ailes battent plus vite, plus faiblement. Elle voulut voir de près et ne vit plus ses ongles bleus déjà... mais, même dans un tel excès d'angoisse, elle ne crut pas à l'éternité de cette nuit où elle venait de pénétrer : parce qu'elle était seule au monde, Mathilde ne savait pas

qu'elle était au plus extrême bord de la vie.
Si elle avait été aimée, des embrassements
l'eussent obligée de s'arracher à l'étreinte du
monde. Elle n'eut pas à se détacher n'ayant
point connu d'attachement. Aucune voix so-
lennelle à son chevet ne prononça le nom d'un
Père peut-être terrible ni ne la menaça d'une
miséricorde peut-être inexorable. Aucun visage
en larmes et laissé en arrière ne lui permit de
mesurer sa fuite glissant vers l'Ombre. Elle
eut la mort douce de ceux qui ne sont pas
aimés.

V

« Tu entends ce que te dit Duluc? »

Duluc faisait remuer sous son poids la rampe du palier. La porte de la chambre mortuaire était demeurée entrouverte. On entendait se moucher Marie de Lados. Duluc, après trente ans de médecine, connaissait les cas d'infection puerpérale : Cazenave ne voulait pas lui apprendre son métier peut-être? Quarante-huit heures après la fausse-couche, il n'y avait pas lieu de faire veiller la malade...

« Et puis quand même tu l'aurais fait veiller? Elle n'est pas morte de son infection, la pauvre. C'est le cœur qui a flanché. Sans ça, elle aurait résisté au moins trois jours. J'en ai vu qui tenaient bon plus d'un mois. Tu te rappelles que lorsque j'ai ausculté ta dame pour sa grippe, je t'ai signalé son aorte? »

Le grand vitrage de l'escalier salissait l'azur. Fernand Cazenave dégagea le bras où s'était agrippée sa mère qui répétait :

« Tu entends, chéri, ce que te dit Duluc? »

Et il prononça pour la troisième fois, d'un air somnambule :

« J'aurais dû la faire veiller. »

Il tendit la main à Duluc sans le regarder, puis se glissa dans la colonne noire que formait l'entrebâillement de la porte, et vit, penchée sur le lit, Marie de Lados. S'étant assis un peu loin, près du guéridon, il comprit qu'elle achevait de natter les cheveux encore vivants. Une manœuvre de locomotive fit vibrer le verre d'eau, et comme Mme Cazenave et Duluc sur le palier élevaient la voix, Fernand occupa son esprit à essayer de comprendre ce qu'ils disaient. Avait-il déjà vu un cadavre? Oui, il y avait trente-sept ans, celui de son père dans la chambre du rez-de-chaussée qui est devenue le bureau. Que sa mère était calme! Il se rappelle ce mot qu'elle répéta en l'embrassant : « C'est une vie nouvelle qui commence... »

Elle rentre tenant à la main des télégrammes et elle épie son fils immobile. Des voix montent du jardin : les sœurs de l'hospice, plusieurs dames, Fernand veut-il qu'elles soient introduites? Il fait un signe de refus. Elle lui prend le bras :

« Viens, chéri. Tu sais comme tu es. Ne reste pas là : ça va te frapper. »

Il dégagea son bras sans même tourner la tête. Elle descendit pour congédier les visiteurs puis remonta, et comme elle le suppliait encore d'aller prendre du repos, accumulant les raisons d'usage :

« Ta fatigue ne sert plus à personne. Si tu

tombes malade, nous serons bien avancés... »

Il parla enfin sans la regarder :

« Quelle heure était-il, quand tu es venue écouter à la porte? »

Elle répondit qu'il pouvait être quatre heures.

« Tu as dit au docteur que tu avais entendu claquer des dents.

— C'est-à-dire qu'à la réflexion je me suis dit que ce bruit pouvait venir d'un claquement de dents.

— Pourquoi n'es-tu pas revenue?

— Elle m'avait dit ne pas souffrir, n'éprouver que de la chaleur... Elle avait même refusé la quinine. J'étais repartie très tranquille.

— Pas si tranquille, puisqu'à six heures tu es venue te rendre compte... »

Elle ne répond rien, bouleversée — non de ce qu'elle a été interrogée comme par un juge, mais de ce qu'elle découvre de douloureux dans l'accent du fils chéri. Elle se rassure en se disant : « C'est du scrupule... » Elle se répète : « Il n'a pas de chagrin. » Mais quelle terreur qu'il en ait! Mathilde vivante ne pouvait soutenir le regard dont la vieille couve son corps à jamais indifférent. Il fallait qu'elle descendît pour écrire les adresses des faire-part : le temps pressait, et elle ne pouvait se résigner à les laisser seuls. Que n'aurait-elle tenté pour interrompre ce tête-à-tête! Et soudain elle eu honte de ce qu'elle éprouvait. Elle se souvenait d'une

image dans son Michelet illustré : un pape,
ayant fait déterrer son prédécesseur, le juge,
le condamne, s'acharne sur sa momie... Une
nuit, plus qu'une seule nuit avant la mise en
bière; demain une gaine de plomb enserrerait
ce corps et le regard de Fernand se heurterait
au triple cercueil scellé. Il ne verrait plus ce
visage enfin. Mais qu'ardemment il le contemplait! Il n'avait jamais regardé personne avec
cette attention muette et triste. De nouveau
elle s'approcha, lui prit la main, et impérieuse,
suppliante :

« Viens! »

Il la repoussa. Elle s'éloigna vers la porte.
Comme le visage endormi, là-bas, lui semblait
paisible, détendu, heureux, aimé! Elle descendit soufflante, commença d'écrire des adresses
et, loin de la morte, avait déjà retrouvé son
sang-froid. Pourquoi se monter la tête? Fernand
n'allait-il pas lui appartenir sans partage?
Marie de Lados vint dire que Monsieur priait
Madame de ne pas l'attendre pour déjeuner.
Elle sourit : cette exagération la rassurait; la
morte ne le retiendrait plus longtemps. Il n'était
pas homme à se gêner pour un cadavre. Mais
c'était son plus cher plaisir de faire souffrir
sa mère. Elle avait eu tort en prétendant l'éloi-
gner de force; si elle avait paru indifférente,
il en aurait eu assez déjà... En mettant les choses
au pis il descendrait pour le dîner.

Elle dut, tout le jour, dans le salon où les
volets étaient clos, les glaces voilées, les fauteuils
ensevelis, accueillir des dames noires et chu-
chotantes sous la voilette. Toutes louaient
Mme Cazenave de son courage. Toutes espé-
raient que vers quatre heures on servirait la
moindre des choses, ne fût-ce qu'un biscuit, soit
qu'elles voulussent pouvoir se dire qu'elles
n'avaient pas perdu leur journée, soit que la
mort éveillât en elles l'instinct des rites millé-
naires, le confus désir des libations qui apaisent
les mânes. Mais elles durent à jeun lever le
siège. Quand Félicité eut reconduit la dernière,
elle demanda à Marie de Lados si Monsieur était
descendu. La servante répondit que Monsieur
était encore là-haut et qu'il avait commandé
qu'on lui portât à sept heures un œuf poché
dans du bouillon, sa robe de chambre, ses pantoufles, la bouteille d'armagnac. Elle l'avait toujours dit : Monsieur était un Péloueyre; il faisait le méchant, mais au fond il n'y avait pas
meilleur... Marie de Lados sentit qu'elle ne
devait pas ajouter un mot, bien qu'elle ne vît,
dans le vestibule assombri, que la masse immobile de sa maîtresse :

« Retourne à ta cuisine, « pecque ».

Elle lui donna cet ordre du même ton que,
quarante années plus tôt, le vieux Péloueyre
criait à Marie de Lados lorsque, épuisée, la
jeune fille se laissait choir sur une chaise :

« Lève-toi, feignante. » Il ne supportait pas
de voir une servante assise. Même ses repas, en
ce temps-là, Marie les prenait debout, sur le
pouce, en servant ses maîtres. Elle n'avait droit
à une chaise que pendant la veillée et à condition qu'elle filât. Draps d'un chanvre rugueux,
filé par les servantes mortes, ils épousaient là-
haut le corps qui ne souffrait plus.

Mme Cazenave dîna seule, l'oreille aux
aguets, persuadée que, d'une seconde à l'autre,
l'escalier craquerait sous les pas du fils fourbu.
Comme elle quittait la table, elle crut l'entendre enfin et déjà se composait un visage
indifférent : mais c'était le rapide de huit heures
qui faisait s'ouvrir la porte du grenier.

« Demain soir, il sera maté. »

Elle jeta un châle sur ses épaules, descendit
au jardin. Le vent d'est y rabattait la fumée de
la gare; mais des tilleuls et des seringas l'odeur
était plus forte que celle du charbon. Un dernier ébrouement d'ailes s'apaisa dans les arbres
chargés d'oiseaux. La vieille femme regarda les
persiennes où filtrait une lueur funèbre. Elle
dit à mi-voix : « Tu seras frais demain, ma
cocotte. » Près du magnolia, elle fit peur à un
rossignol. Sur son passage, le long du pré sec
et poussiéreux, les grillons se turent. Elle ima-
ginait son fils grelottant au petit jour devant un
cadavre de la veille. Lui qui avait si peur de
la mort, il devait faire une étrange tête.

VI

Oui, il faisait une étrange tête. Enveloppé dans sa robe sombre, la nuque au dossier du voltaire, il regardait fixement Mathilde. Un verre d'armagnac, qu'il avait déjà vidé et rempli, était sur le guéridon. Des papillons de nuit voletaient autour des deux cierges, cognaient au plafond leur ombre. Un moment, il prononça le nom de Mathilde, et sa mère n'aurait pas reconnu cette voix. Il se levait, s'approchait du lit, chassait une mouche, contemplait cette beauté éternelle. Il se répétait en soi-même : « Aveugle! aveugle... » sans comprendre qu'il voyait en effet ce visage pour la première fois, parce que la mort en avait effacé toute flétrissure : plus rien de cette expression avide, dure, tendue d'une pauvre fille qui toujours calcule, méprise et se moque; plus rien de la bête aux abois et qui fait front — plus rien de cette face besogneuse et traquée. Heureuse, adorée, peut-être Mathilde vivante aurait-elle eu la figure que voilà, inondée de paix — cette figure déli-

vrée. « Aveugle... aveugle... » Un peu touché
d'alcool, Fernand écoutait sourdre en lui sa
douleur; il accueillait, enivré, cette inconnue.
Un fleuve en lui se débarrassait des glaces d'un
hiver démesuré. Il avait attendu sa cinquantième
année pour souffrir à cause d'un autre être. Ce
que la plupart des hommes découvrent adoles-
cents, il le savait, ce soir, enfin! Un enchantement amer l'enchaînait à ce cadavre. Il s'approcha une fois encore, toucha du doigt cette joue.
Longtemps après qu'il l'eut retiré, ce doigt
gardait encore l'impression d'un froid infini.

Il ne savait quoi s'effaçait de cette face —
instant redoutable où l'on commence à se dire
d'un mort : « Il change... » Fernand sortit, se
pencha sur l'escalier qu'éclairait la nuit. Le
même train passait que, la veille, Mathilde
avait entendu pendant son agonie. La maison,
corps immense, frémissait comme durant les
insomnies où elle avait eu si peur. Fernand se
rappela qu'il lui avait promis de faire poser
des volets pleins au rez-de-chaussée. Il se le
répétait, trouvant du réconfort à la pensée de lui
avoir montré quelque douceur dans le temps
de sa grossesse. Il rentra. Imaginait-il cette odeur,
ou émanait-elle de cette chose qui le rebutait
maintenant et à quoi les draps paraissaient
collés? Il ouvrit en grand la fenêtre, poussa les
persiennes. Il n'était point de ceux qui sont
accoutumés à lever la tête vers les étoiles au
lieu de dormir. Il eut le sentiment de sur-

prendre un miracle devant cette muette ascension des mondes — d'attenter à un mystère. L'inquiétude, qui naguère le poussait à découper des sentences, s'élargissait en lui. Entre la fenêtre et le lit, entre ces mondes morts et cette chair morte, il était debout, pauvre vivant.

N'osant plus approcher du cadavre, il demeura contre la fenêtre et il humait la nuit saturée. Cette odeur herbeuse, ces ténèbres bruissantes lui donnaient l'idée d'un bonheur qu'il aurait pu goûter, qui lui demeurerait inconnu à jamais. Ses poings se serrèrent : il ne consentait pas à l'anéantissement de Mathilde. Si sa mère était entrée, il lui eût crié : « Je ne veux pas que Mathilde soit morte! » du même ton qu'enfant, il exigeait que tout le monde se couchât quand il était malade, ou que, le jour de la fête, on dévissât pour lui l'un des chevaux de bois, ou que des fraises lui fussent servies en décembre, ou qu'on le laissât jouer avec un vrai fusil qui puisse tuer. Au souvenir de telle sentence qu'il avait découpée touchant l'âme immortelle, ses épaules se soulevèrent : l'âme de Mathilde! ce qu'il s'en moquait de son âme! Y a-t-il des imbéciles qui se consolent avec ça? Ce qu'il voulait qu'on lui rendît vivant, c'était ce corps. Sur le visage craintif, méfiant de Mathilde vivante, il voulait voir poindre la joie. Lui qui avait été incapable de s'évader hors de soi-même, fût-ce dans la volupté, il comprenait trop tard que notre corps lui-même cherche, découvre son plaisir enfoui hors de lui, tout mêlé à la chair d'un autre corps que nous rendons heureux. Fernand sentit ses ongles sur son front. Une bête nocturne sanglota si près de la maison qu'il recula, le cœur battant, se disant : « C'est peut-être la frégasse... » (oiseau mystérieux de la lande qu'attirent, non les demeures où la mort est descendue — mais celles dont la mort approche). La nuit était dans son milieu. Aucun train jusqu'à cinq heures. Nul souffle ne pouvait plus rien contre l'assoupissement des feuilles. De la prairie même, ne venait plus que le murmure endormi d'un rêve végétal. Fernand s'approcha, puis s'éloigna de l'armoire, ayant vu dans la glace sa tête effrayante, — comme si déjà était en lui la corruption qui, à trois mètres de là, travaillait Mathilde. Encore ce sanglot de nocturne — si rapproché qu'on l'eût dit dans la chambre. Il avait dû s'abattre sur la cheminée, dans la cheminée peut-être! Fernand regardait la plaque de fer noire : n'y entendait-il pas des ailes sinistres? Il recula vers la porte. Il était vaincu. Il revenait à sa mère : ce n'avait pas été en vain que dans l'autre pavillon, la vieille, assise sur son lit, se retenait de courir au secours de l'ingrat. Elle aussi avait entendu l'oiseau de nuit et se disait, bienheureuse : « Il ne va plus tarder, je le connais! »

Mais sur le palier où Fernand s'était précipité,

une lueur approcha, emplit la cage de l'escalier : Marie de Lados apparut avec sa lampe. Elle était vêtue comme le dimanche, la tête prise dans un foulard noir d'où sortaient les lobes allongés de ses vieilles oreilles. Elle avait pensé que Monsieur devait avoir sommeil. Il lui prit la lampe des mains et descendit si vite que dans le couloir elle s'éteignit. Il gagna sa chambre et se déshabilla à tâtons, s'endormit tandis que sa mère soufflait aussi la bougie, — résignée à ne le pas embrasser, parce qu'elle avait entendu, derrière la cloison, le ronflement du bien-aimé. Là-bas, Marie de Lados ne s'appuyait pas au voltaire : assise le buste droit, elle dessinait sur le mur une ombre étrange : sa bouche édentée et véloce remuait. Les grains du rosaire étaient au creux de son tablier comme du maïs et de l'orge.

VII

LE voile devant, malgré cette matinée déjà ardente, Félicité Cazenave gagna, par le portail de l'Est, le chemin qui longe la ligne « Bordeaux-Cette ». Elle avançait, le buste rejeté, les mains sur le ventre, le bas de sa robe ramassant le crottin et la poudre. Elle suivit quelques instants la grand-route, puis tourna à droite vers le cimetière. Elle ne franchit pas le seuil des morts, mais toqua de l'index à la porte vitrée de leur gardien. Une voix maussade — celle d'un homme qui ne compte plus sur le pourboire — sans attendre la question, lui cria qu'on n'avait pas vu ici M. Cazenave depuis tantôt six jours. Elle repartit soufflante mais soulagée, et, dans sa lutte contre la morte, s'adjugea un point. Pendant la semaine qui suivit les obsèques (où Fernand assista en halluciné et avec toutes les marques d'une douleur dont la ville avait été confondue) il n'avait pas manqué de porter chaque matin à sa femme un bouquet maladroit aux tiges trop courtes, comme ceux

que les enfants coupent. Voici qu'il se relâchait
enfin! Félicité se dit en elle-même : « C'est le
commencement. » Elle cédait au besoin de se
rassurer. Mais, au fond, quelle lassitude! Femme
positive, ses armes accoutumées ne valaient pas
contre un fantôme. Elle ne savait travailler que
sur la chair vivante. La tactique de la disparue
la déconcertait : tapie en Fernand, elle l'occupait
comme une forteresse. Certes, Félicité avait
prévu la rancune du fils bien-aimé, sa haine, et
même que serait décuplé ce besoin de la faire
souffrir qu'il eut toujours (enfant, il donnait des
coups de genou dans le fauteuil de sa mere
jusqu'à ce qu'elle criât grâce). Or il ne lui
opposa rien de tel — mais une indifférence,
une absence spirituelle qui dérangeait son jeu,
empêchait toute manœuvre. En rouvrant le portail de l'est, elle se sentit lasse, suante sous son
harnais de deuil. Elle entra dans l'odeur forte
des vieux buis qui entouraient le manège pour
monter l'eau, et où l'ânesse Grisette dormait
debout sur son routin de fumier. Félicité, d'un
geste coutumier, piqua de son ombrelle le vieux
cuir de la bête qui rua, puis s'ébranla. « Qu'importe, songeait-elle, qu'il aille rêvasser au cimetière ou à la campagne, si c'est toujours pour
penser à l'autre... » Ce matin, comme tous les
matins, l'épaule un peu déjetée, le chef couvert
d'un chapeau de paille de trois ans qu'il avait
fait teindre, il était sorti, vêtu d'un alpaga qui
sentait fort. Quand midi le ramènerait, le ferait

s'asseoir en face de sa mère, alors surtout semblerait-il lointain. Rien ne prenait plus sur lui; il ne réagissait plus à des propos qui naguère l'eussent mis hors des gonds.

A la fenêtre du bureau, sur l'estrade d'où elle pouvait guetter son fils, elle s'établit, vieille reine dépossédée. Le tricot abandonné sur son ventre, elle ne quitta plus de l'œil le petit portail. L'express d'onze heures l'avertit que Fernand ne tarderait plus. Chaque retour du bien-aimé était attendu comme s'il devait marquer la fin de cet enchantement mortel. « Il me reviendra, se répétait la mère. On ne change pas à cinquante ans... » Elle ne songeait pas qu'il n'avait en rien changé; il demeurait ce même petit garçon trépignant qu'elle avait nourri; il ne voulait pas que Mathilde fût morte; la mort même ne déconcertait pas son exigence forcenée.

Elle descendit de l'estrade et comme le fils tardait encore, elle se répétait pour la centième fois, errant à travers la pièce : « Voyons; réfléchissons : je suis montée; j'ai frappé à la porte; je lui ai demandé si elle était souffrante; elle m'a répondu qu'elle n'avait besoin de rien... Oui, mais rentrée dans ta chambre, tu as cherché le mot *infection* dans le dictionnaire de médecine... »

Ainsi absorbée, elle fut surprise par le pas de Fernand dans le vestibule, et l'entendit qui demandait à Marie de Lados si « c'était servi ».

Comme un quart d'heure restait avant le déjeuner, il alla au jardin. Félicité, derrière le rideau,
l'épiait. Il était debout au milieu de l'allée.
Que regardait-il? La mère ne se doutait point
qu'il voyait en lui-même cette chambre de la
rue Huguerie où l'avait attendu, un jour par
mois, son « habitude ». Des serviettes-éponges
séchaient sur une corde à la fenêtre. Elle l'appe-
lait son vieux grigou parce qu'il n'y avait rien
à faire pour lui arracher un sou au-delà du
tarif fixé. Et telle était l'histoire de Fernand
Cazenave dans l'amour. Il leva les yeux vers les
fenêtres de Mathilde : « Tout de même, songe-
t-il, pendant sa grossesse elle a pu voir que je
l'aimais, que je la soutenais contre ma mère.
Mais elle a cru que c'était à cause de l'enfant... »
En vain voulut-il se remémorer toutes les cir-
constances où il lui avait montré quelque douceur. A cette minute, l'obsédait seul le souvenir
du dernier voyage qu'il fit à Bordeaux avec
Mathilde : quelle mauvaise humeur à cause de
ce qu'elle avait dépensé pour la layette! « De
mon temps, grommelait-il, une mère n'aurait
rien voulu acheter. Elle aurait mis son point
d'honneur à tout tricoter elle-même! » Mathilde,
muette, accablée, se traînait. Ils entrèrent dans
un restaurant de meilleure apparence que ceux
où il la menait d'habitude : des fleurs ornaient
la table. Elle avait déplié sa serviette et souriait, heureuse enfin, détendue. « Non, monsieur, c'est à la carte », répondit le maître

d'hôtel à Fernand qui demandait « le prix
fixe ». Alors, ayant jeté un regard furieux sur
la carte, il s'était levé, avait réclamé le vestiaire.
Il fallut traverser de nouveau une salle où les
clients se parlaient à voix basse, où le service
ricanait. Ils suivirent le trottoir brûlant des
Allées de Tourny. Fernand faisait semblant de
ne pas voir qu'elle pleurait...

Il rentra. Mme Cazenave, s'étant dressée sur
ses jambes gourdes, le rejoignit dans le vestibule.

« Que tu as eu chaud, mon pauvre drôle. »
Elle voulut essuyer avec un mouchoir sa face
suante qu'il détourna.

« Tu es tout « trempe ». Va te changer. Tu
vas prendre mal. »

Et comme il ne répondait rien, elle ajouta :
« Je t'ai préparé un « rechange » sur ton
lit. »

Maladroite et soudain furieuse, elle le pour-
chassa dans le bureau :

« Si tu prends mal, qui sera obligée de te
soigner? Ce sera moi. »

Il la regarda enfin et dit :
« Eh bien, tu n'auras qu'à me laisser crever
aussi. »

Elle vacilla sous le coup, ne sut que répondre.
Ils traversèrent la cuisine sans soulever comme
autrefois les couvercles des casseroles, entrèrent
dans la salle à manger obscure, odorante.

« Tu ne manges pas. »

Navrée, elle répétait ce « tu ne manges pas » qui dans la lande annonce la maladie et la mort. Qui a perdu l'appétit a perdu le goût de ce qu'il y a de meilleur au monde. Il reste de se coucher, d'attendre la fin. Marie de Lados ajouta :

« Madame n'a pas appétit non plus. »

Ce n'était pas une feinte comme au temps où, pour contraindre Mathilde, qui menait le ménage, à démissionner, la mère et le fils, d'un commun accord, renâclaient devant chaque plat.

Félicité se retrouva seule au bureau; le bien-aimé ne l'y avait pas suivie. Voici l'heure du café où, naguère, assis côte à côte sur le canapé de cuir noir, la tête de la mère appuyée à l'épaule du fils, ils lisaient ensemble le journal, ricanant comme des collégiens; et lorsque la jeune femme ouvrait la porte, en un brusque recul ils se séparaient, affectaient de s'interrompre au milieu d'un mot. Félicité croit entendre encore de quel accent d'institutrice froissée, l'ennemie demandait : « Je vous dérange? — Mais non, mais non. Nous avons dit ce que nous avions à nous dire. »

Ces escarmouches étaient la joie de la bonne dame, elles étaient sa vie. Où se terrait-il, maintenant, le bien-aimé? A bout de forces, il a dû aller s'étendre. De telles courses l'épuisent. Son poumon ni son cœur ne sauraient être

impunément surmenés... Désœuvrée, doulou-
reuse, elle voudrait courir jusqu'à lui. A quoi
bon! Il poussait le verrou maintenant, comme
si elle avait été Mathilde.

Un rai de soleil fuse des volets mi-clos, fait
fulgurer sur la cheminée le cadre d'une photographie chère à Félicité : un mois après le
mariage, la mère, le fils et la bru avaient posé
devant un artiste ambulant. Mais, deux secondes
avant le déclic, Fernand avait quitté le bras
de sa femme pour prendre celui de sa mère.
Et désormais, sur la carte-album, Félicité et le
fils s'épanouissaient de face, tandis que la jeune
femme, au second plan, les mains pendantes,
ne souriait pas.

Mme Cazenave ne put se retenir de contem-
pler encore ce souvenir des jours heureux. Mais,
s'en étant approchée, elle eut un haut-le-corps
devant le cadre vide. Elle regarda la table où
luisaient les ciseaux dont Fernand se servait
pour découper des sentences, — puis la corbeille
à papiers. Dieu! à travers la paille tressée,
n'était-ce pas son propre sourire, son nez au
vent, son ventre? Elle se précipita sur la photographie vouée aux ordures. Le misérable en
avait détaché l'image de Mathilde : sans doute
la portait-il serrée dans un portefeuille, contre
son cœur. Quand il était seul, ce devait être sa
joie d'en approcher des lèvres ferventes... La
vieille femme, depuis deux semaines, avait tout

souffert sans un cri; mais ce signe matériel de
reniement la bouleversa. Une colère folle brisait
en elle toutes les digues, faisait trembler ses
doigts déformés. Elle trépigna comme le jour
où elle avait crié à Mathilde : « Vous n'aurez
pas mon fils! Vous ne l'aurez jamais! » Elle alla
vers la porte. Elle avait cette figure stupide,
tendue de la femme qui cache sous son manteau
un revolver armé, un bol de vitriol. Peut-être
n'y a-t-il pas plusieurs amours. Peut-être n'est-il
qu'un seul amour. Cette vieille femme se meurt
de ne posséder plus son fils : désir de possession,
de domination spirituelle, plus âpre que celui
qui emmêle, qui fait se pénétrer, se dévorer
deux jeunes corps.

Etouffant, la mère poussa les volets. Le soleil
de midi pesait sur le jardin aride. Entre les
pelouses poussiéreuses, le sable des allées avait la
couleur de la cendre. Le halètement d'un train
en partance rappelait une poitrine oppressée.
Furibonde, la vieille femme roulant sur ses
hanches gagna l'escalier. De marche en marche,
elle perdait le souffle, mais tout de même se
hissa jusqu'à la chambre de l'ingrat. Elle était
vide : des fioles partout, une odeur d'urine.
Félicité eut peur dans la glace de ses joues
violacées. Où relancer le perfide, sinon dans la
chambre de l'ennemie? Elle descendit (ses
genoux malades fléchissaient), suivit le corridor,
traversa le vestibule nocturne, un corridor encore, l'escalier enfin qui mène chez la morte

toute-puissante. La mère, à bout de forces, quelques secondes fut immobile devant la porte, comme elle avait été dans la nuit de l'agonie. Elle écouta. Mais Dieu ne vit pas alors comme dans cette nuit, sur la vieille figure aux écoutes, l'étonnement, l'espoir, puis une immense joie criminelle s'épanouir. Tremblante, elle demeurait attentive à un ronflement léger suivi d'un hoquet, d'un étranglement qu'elle connaissait, certes, — musique délicieuse de ses nuits à travers la cloison, signe sensible de la présence adorée. Alors elle veillait suspendue à ce souffle au point qu'il n'était rien qui lui fût plus doux que ses insomnies... Mais aujourd'hui, ce sommeil du fils chéri, la morte le lui dérobe. Une marée de fureur de nouveau la souleva, l'aveugla, elle tourna le loquet.

Félicité dut cligner ses yeux : les deux fenêtres large ouvertes laissaient pénétrer les flammes de ce juin fauve. Des lis, dans deux vases posés sur le guéridon, saturaient la chambre comme si elle eût été close. Entre les vases, dans un cadre de coquillages (*souvenir d'Arcachon*), trop grand pour elle, cette photographie de Mathilde découpée pieusement. Rangés devant le cadre, le diamant minuscule des fiançailles, l'anneau, une paire de gants blancs usagés. Enfin, au pied de ces reliques, écroulé dans le voltaire, Fernand, la tête ballante, pris par le sommeil à la gorge. Un bourdon se cognait au plafond et aux glaces, jusqu'à ce qu'il eut découvert la fenêtre ouverte. Alors son bourdonnement se perdit dans l'incendie du ciel.

Les bottines de Félicité craquèrent. Fernand changea de position. Elle s'arrêta, puis fit un pas vers le guéridon, ébaucha, les mains en avant, le geste d'un Polyeucte briseur d'idoles. Cracher sur cette image, la déchirer, la piétiner... Elle n'osait pas. La tête de Fernand était retombée sur son bras replié contre la table, et sa mère ne voyait plus qu'une grosse boule hérissée de gris. Elle sentit du froid sur sa face transpirante. Sa vue se troubla. Le sang chuchotait à ses oreilles comme si, dans une coquille, elle eût écouté la mer. Elle aurait eu envie de parler parce que sa langue était lourde. Elle ne savait pas si ce qu'elle entendait venait des grillons, ou des mouches, ou de ses artères. Une invisible main la poussa vers le lit, l'abattit sur cette couche où Mathilde avait souffert, était morte. La vieille s'aplatit comme une bête, attendit. Ses yeux se rouvrirent, sa gorge se desserra : l'oiseau sombre était passé au large. Elle respira. Le fils dormait toujours avec un bruit de gorge encombrée. Le danger proche encore la laissait tremblante, en sueur. Et elle couvait maintenant d'un regard moins haineux que peureux l'autel qu'embrassait cet homme anéanti.

VIII

Au repas du soir, Fernand ne reconnut pas l'atmosphère habituelle des périodes d'hostilité. L'aspect même de sa mère l'étonna : elle qui avait coutume de se tenir le buste droit, dans une attitude majestueuse, puissante, il la vit affaissée, les joues pendantes et grises. Il en éprouva non de la pitié, mais de l'ennui à cause du coup qu'il se préparait à lui assener : il redoutait qu'elle ne le supportât pas sans cris. Elle le reçut plus froidement qu'il n'avait espéré : ce qu'elle avait vu, ce jour-là même, l'avait avertie. C'est pourquoi elle ne frémit pas lorsque Marie de Lados vint lui demander une paire de draps pour faire le lit de Monsieur dans la chambre de la pauvre Madame. Elle donna la clef de l'armoire à la servante, appuya ses lèvres sur le front du fils, prit son bougeoir. Fernand pensa qu'elle voulait jouer serré. Non, elle ne jouait plus aucun jeu. Se sachant trahie déjà dans le cœur de son fils, elle ne s'était pas étonnée qu'il passât à l'ennemie avec ses bagages et ses armes.

Mais, retirée dans sa chambre, l'inaccoutumé silence lui fit peur. Il lui parut qu'elle entendait pour la première fois tressaillir la maison que pour les nécessités de son négoce (*Bois du Nord et du Pays*), son mari Numa Cazenave avait fait construire face à la gare. Devenue veuve, entre elle et les périls de l'ombre, s'était interposé, derrière la cloison, le sommeil rauque de son chéri. Ni des pas furtifs, ni le pont de fer grondant sur le fleuve, ni les gémissements de l'équinoxe, ni les rossignols dans les lilas, n'avaient prévalu contre cette respiration endormie. Les quelques heures que Fernand dut passer près de Mathilde avaient donné plus de prix à sa présence reconquise. Et voici qu'étendue entre des murs où elle vivait, la nuit, depuis un demi-siècle, ce soir, que Frédéric Cazenave s'y sentait étrangère! Le dernier train avant celui de l'aube remua les vitres. Il n'y aurait plus maintenant que les convois interminables de marchandises mais qui ne sifflent guère et se confondent avec les songes. Ce n'est plus la peine de dormir dans la ruelle, les lèvres collées contre la cloison derrière quoi ton fils étendu ne s'étrangle plus. Tourne-toi de l'autre côté. Ferme les yeux. Fais le vide en toi... Soudain elle se dressa :

« On a marché dans le jardin. »

Avait-on vraiment marché? Quelquefois le

vent remue si doucement les feuilles qu'on
jurerait d'un bruit de pas. Félicité fit craquer
une allumette, n'entendit plus rien, éteignit de
nouveau. Mais en esprit elle vit, au milieu des
ténèbres, cette grande maison sans défense, les
portes-fenêtres sans volets. Elle imagina une
face sournoise, aplatie contre la vitre qu'une
main rompait d'un diamant silencieux. Comment obtenir de Fernand les volets qu'elle
n'avait pas voulu qu'il accordât à Mathilde? Le
mieux serait de lui rappeler ce vœu de la
morte : il le comblerait par dévotion. Alors
Félicité s'avisa que son angoisse de cette nuit
avait été l'angoisse quotidienne de la jeune
femme. Coïncidence, hasard : la vieille haussa
les épaules, se gourmanda. Mais des récits de
servantes, enfouis dans sa mémoire, s'éveillèrent,
surgirent du plus loin de son enfance peureuse.
Non, non, les morts ne se vengent pas. Mathilde
pourrissait, à chaque seconde un peu plus, dans
le troisième caveau à gauche contre le mur du
fond. Et pourtant les yeux de Félicité interro-
geaient l'ombre comme si elle eût enfin pressenti, au-delà des apparences, un peuple inconnu
et fourmillant. Elle se força à rire, elle ne croyait
qu'à ce qu'elle touchait. Elle était née dans le
temps que seuls des chemins de sable reliaient
la Lande au reste du monde. La Terreur en
avait chassé les prêtres. La mère de Félicité fit
sa première communion le jour de son mariage.
Les enfants landais, à l'aube du dernier siècle,

n'adoraient que le soleil implacable, ne connais-
saient que cette toute-puissance du feu dévora-
teur des pignadas — dieu rapide et qui court,
insaisissable, allumant derrière soi une foule
immense de torches.

Etant descendue un peu plus tard que de
coutume, parce que le sommeil n'était venu
qu'à l'aube, elle vit sur la caisse à bois la canne
et le chapeau de Fernand. Pourquoi n'était-il
pas sorti? Marie de Lados assura qu'il dormait
encore. Madame pouvait voir que les persiennes
étaient fermées. Les yeux rivés sur ces fenêtres,
Félicité souffre comme si l'autre serrait Fernand dans ses bras. Elle se dit à mi-voix : « Je
suis folle... » Lorsque Mathilde était vivante,
la mère avait-elle jamais connu pareille .orture?
Elle se répéta : « Tu sais bien qu'elle n'est
plus là... » Elle n'était plus là mais n'en retenait pas moins dans sa couche celui qui, vivante,
l'avait fuie. Félicité ne se rappelait pas avoir
jamais souffert aussi bassement, même au lendemain de leurs noces. C'est qu'alors elle se sentait
sûre déjà de la victoire. Une semaine après leur
mariage, et comme le couple était encore à
Biarritz, une lettre de Fernand l'avait remplie
de tant de joie qu'à force de l'avoir relue, elle
se rappelait les plus beaux endroits . « ... Tu
avais raison : une mère seule peut comprendre
l'homme que je suis. Toutes les autres femmes
sont des étrangères. Elles croient nous aimer et

ne pensent qu'à elles. Notre santé passe après leur plaisir. Elles trouvent légitime que nous dépensions sans compter pour d'absurdes fantaisies. Les plus exigeantes sont toujours celles qui avant le mariage crevaient de faim. Tu te souviens de cet hôtel près de la gare à Bayonne, peut-être pas très luxueux, mais dont nous nous étions fort bien contentés? Mathilde n'a pas voulu y rester parce qu'elle prétendait avoir vu une punaise écrasée et que le seau sentait fort. Il a fallu s'installer dans un de ces hôtels que je déteste, où un tas de gens, qui ne vous rendent aucun service, haussent les épaules quand on leur donne jusqu'à vingt sous de pourboire! Mathilde me trouve ladre et ne parle que d'elle. Rien de ce qui me touche ne l'intéresse. Moi qui me plaignais des soins excessifs dont tu m'entourais! Je t'assure qu'elle se moque bien de ma santé. Ce n'est pas sa faute si je n'ai pas encore pris mal. Elle établit dans les wagons des courants d'air mortels. Elle se lève la nuit, pendant mon sommeil, pour ouvrir la fenêtre. Inutile de te dire que mes douleurs dans l'épaule gauche se sont réveillées. Elle se moque sans cesse, elle critique toutes les habitudes de notre famille, déclare qu'il est dégoûtant de ne pas se laver le soir — comme si c'était la peine, puisqu'il faut recommencer le lendemain matin. Je ne peux t'avouer que la minime partie de ce que j'endure. Ne crains rien, ma mère, ton fils fera son devoir jusqu'au bout... »

Un matin d'été pareil à celui-ci, cette lettre vint inonder à la fois d'inquiétude et de bonheur la vieille mère louve. Que de beaux souvenirs lui restent des semaines qui suivirent : mille signes d'une désunion croissante jusqu'au jour où, après une nuit dont demeurèrent secrètes les péripéties, Fernand blême dit à sa mère : « Tu referas mon lit dans mon ancienne chambre... » Elle avait attendu cette joie sans croire qu'elle pût venir si tôt. Elle se voit encore dans la chambre aérée, assise au chevet de l'étroit lit d'enfant où Marie de Lados avait mis les draps qui ont l'odeur de la menthe et de l'eau vive; et aujourd'hui... Hélas! Le soleil dissipait la brume. Plus d'oiseaux, mais une cigale. Les volets claquèrent que fermait Marie de Lados. Le vent du sud brûlait la peau, sentait le pin consumé. Du côté des Landes, le ciel devait être rougeâtre et fumeux. De seconde en seconde augmentait la soif de la terre torturée. Péliou la creusait des pattes et du museau pour ouvrir une tombe froide à son sommeil. Comme la veille, Félicité entendait son sang par saccades battre — immobile parce que le moindre geste eût peut-être fait signe à la mort; pareille à une folle, elle disait des mots et Péliou dressait les oreilles, croyait qu'elle lui parlait. Sur le lit où avait été le cadavre de Mathilde, elle imagina celui de son fils et, dressée soudain, prise de panique, avança vers le perron embrasé; dans une odeur de géranium,

battaient les gorges des lézards. Comme elle
avait atteint la première marche, une porte-
fenêtre fut poussée : Fernand Cazenave parut.
Il dit :

« C'est servi, ma mère. »

Il était vivant. Il était là, debout dans le
soleil atroce. Le canotier abaissé cachait son
visage. Qu'elle se sentit légère, la lourde vieille,
pour monter vers l'immobile bien-aimé! Courte
joie : quand elle le vit de tout près et que
pour la saluer il eut retiré son chapeau, elle
retint un cri devant les ravages de cette face.
Dans quel état le lui rendait la morte! Lèvres
plus blanches que s'il s'était abreuvé de vinaigre
— et les yeux pleins de sang comme ceux d'un
vieux chien... Tandis qu'il s'asseyait à table,
il regarda sa mère aussi. Pendant ce déjeuner,
sans doute eurent-ils peur l'un de l'autre. Mais
tandis qu'elle ne le quittait pas des yeux, il
rentra bientôt en lui-même, requis par une
vision intérieure dont rien ne le détourna plus.
Marie de Lados pouvait s'exclamer : « qué
calou! », dire que le feu était du côté de Lan-
diras, mais que le tocsin n'avait pas sonné parce
que c'était trop loin du bourg, — quel tocsin
eût arraché Fernand au souvenir de sa première nuit dans la chambre où Mathilde était
morte?

IX

CE lui avait été d'abord presque doux de s'étendre sous les vagues ailes blanches des rideaux que soutenait une flèche. Les fenêtres étaient ouvertes où, comme un être familier, la nuit respirait. Nul rappel de la veillée funèbre, ni de la « frégasse », mais au contraire, couché sur le dos, les yeux fermés, les mains jointes sur le drap, les pieds droits, comme était Mathilde morte, il se sentait filer entre deux eaux vers l'abîme d'un repos sans fin. Elle était présente, non dans la chambre mais en lui, toute mêlée à sa chair — sa chair vigilante qui se rappela les nuits nuptiales; et lentement sa pensée aussi s'éveillait, se fixait sur ce temps où, contre soi, il sentait le corps peureux de Mathilde. Ce qu'il vit fut si pitoyable à la fois et si grotesque qu'il secoua la tête, gémit à voix haute. Comme tous ceux de sa race, il aurait dû mourir sans savoir ce qu'est aimer — comme tous ceux de sa race, comme la plupart des hommes. Le destin jouait ce jeu étrange d'éveil-

ler dans ce vieil homme des eaux enfouies à
quelles profondeurs! Et voici que la source bour-
beuse se frayait en lui une route lente. Il ne
savait pas ce que c'était. Ses pères avaient été
les jaloux amants des pins et de la vigne. Son
père, Numa Cazenave, avait voulu qu'on mît
sur sa tombe l'argile grasse d'une propriété qu'il
chérissait entre toutes. Au moment de prendre
femme, il dut demander à un ami comment
on se sert d'une femme. A tous ces disparus le
mariage avait assuré, outre un accroissement
de fortune, la continuité de la possession. Ils
avaient opposé à l'inévitable mort la famille
éternelle. Presque toujours un fils suffisait, un
seul, pour que se perpétuât le mince filet de
vie charriant jusqu'à la fin du monde le patri-
moine sans cesse grossi de dots et d'héritages.
A aucun moment de la race, une passion n'avait
détourné ce cours puissant. Toutes les femmes,
tant du côté Péloueyre que du côté Cazenave,
étaient de celles qui soufflent à l'époux : « Faites
vite. » Il faut pourtant qu'un jour, sur un
anneau de la chaîne vivante, une tache de rouille
apparaisse et commence de ronger. Malheur à
ceux qui viennent après. O pauvres cœurs qui
n'êtes pas nés encore! Mes petits, qu'aurez-vous
pris en moi! Cette sourde inimitié de Fernand
contre sa mère fait horreur; et pourtant! C'était
d'elle qu'il avait reçu l'héritage de flamme,
mais en même temps la tendresse jalouse de la
mère avait rendu le fils impuissant à nourrir

en lui ce feu inconnu. Pour ne pas le perdre,
elle l'avait voulu infirme; elle ne l'avait tenu
que parce qu'elle l'avait démuni. Elle l'avait
élevé dans une méfiance, dans un mépris imbé-
cile touchant les femmes. Dès quinze ans, il en
connaissait deux seules espèces : « celles qui
veulent vous mettre le grappin » et « celles qui
donnent des maladies ». Sans doute un être
aimant, de tels obstacles ne l'eussent pas arrêté.
Mais d'abord Fernand était le rejeton de ces
paysans qu'on voit sur les routes, au soir des
marchés et des foires, les bras ballants, les
pattes vides, tenant le milieu du chemin comme
des rois, et derrière eux, plus chargée de paniers
qu'une ânesse, une femelle harassée. Puis, Fernand, dont l'orgueil fut soumis à une culture
continue, avait été de ces garçons qui, par terreur de ne pas plaire, professent qu'on a toujours
la femme qu'on veut à condition d'y mettre le
prix. Il ne doutait pas que « ceux à qui elles
font semblant de se donner pour rien dépensent
pour elles plus que les autres ». Il disait aussi :
« Avec moi, elles savent que c'est tant..., mais
pas de fleurs, pas de cadeaux, pas de faux frais. »

Mais voici qu'étendu sur le lit de Mathilde,
dans le noir, il regardait un beau jour brûler
l'allée du Midi et, derrière les troènes bourdon-
nants, il voyait ce jeune corps parmi les guêpes...
Crois-tu, s'il ne s'était agi que de t'armer contre
ta mère, crois-tu que tu te fusses hasardé à
écarter les branches et à tirer à toi cette proie

charnelle et qui sentait le miel? Oui certes la
faim de vengeance d'abord t'excita — mais elle
dissimulait une autre faim plus secrète; et tu la
découvres quand il n'est plus temps de l'assou-
vir, alors que la proie de chair, la proie embau-
mée s'est dissoute et qu'elle est devenue cette
chose horrible qui n'a plus même de nom..

Il se leva, pieds nus, erra dans la chambre,
se cognant aux meubles. Il dit à voix haute :
« Elle m'aimait puisque je la faisais souffrir... »
Il secoua sa grosse tête, gronda : « Non, non,
il ne s'agissait pas d'amour... » Il fit pour pleurer
la même laide grimace que dans son enfance.
Immobile un instant, il se rongea les ongles et
dit encore : « Un autre homme? un autre?... »
Jusqu'à cette heure il n'avait jamais été jaloux
parce que l'orgueil à son comble l'en avait
préservé. Un autre homme dans la vie de Mathilde? Il fut sur le point de souffrir, mais se
souvint de ce qu'avait répété cent fois sa mère :
« Elle est honnête, on ne peut pas lui retirer
ça. Elle n'a que ça pour elle, mais elle l'a... »
Et elle ajoutait, faisant allusion à cette demoiselle Coustous dont était née Mathilde : « Pour
une fois, on ne peut pas dire que bon chien
chasse de race. » Fernand ne savait pas que la
vieille, quand elle donnait à sa bru cette
louange, se rappelait un déjeuner chez les demoiselles Merlet — un déjeuner de « retour de
noces », où était assis à la gauche de Mathilde

un surveillant du collège. On le disait poète;
il donnait des conseils à celle des demoiselles
Merlet qui fait des vers. Il avait semblé à Félicité Cazenave, pendant le repas, que Mathilde
buvait les paroles de ce garçon brun si « comme
il faut ». Dieu seul sait s'il n'y eut pas chez
Mathilde un moment de détente, d'abandon, un
germe secret, une imperceptible inclination vers
celui qui baissait la voix pour citer un vers
dans le tumulte du repas finissant. Des rires
décomposaient ces figures de Landais. Et lui
sans doute rêvait déjà d'une passion comme dans
les livres... mais, le café servi, Félicité avait
insisté lourdement auprès du jeune homme pour
qu'il récitât une poésie; et comme il refusait,
elle le supplia de consentir au moins à écrire
quelques vers dans l'album où sa bru copiait
des morceaux choisis. Dès lors, Mathilde avait
été en alerte : Félicité n'avait jamais su cacher
son jeu, et sa belle-fille se flattait de « l'entendre
toujours venir de loin avec ses gros sabots ».
Le surveillant n'obtint plus même un regard
et, quand il vint faire une visite chez les Cazenave, la jeune femme refusa de descendre au
salon. Fernand pouvait dormir tranquille : il
n'avait jamais été trahi, fût-ce en esprit, par
l'enfant misérable qui n'avait su que marquer
des points, que parer des coups.

D'ailleurs il n'y songeait plus; sa vie était
devant ses yeux, désert morne. Comment avait-il

pu, sans mourir de soif, traverser tout ce sable?
Mais cette soif qu'il n'avait pas ressentie pendant des années, voici qu'il en découvrait la
torture. Mathilde était morte avant de savoir
qu'elle avait soif. Elle était morte, mais lui,
vivait. Une source tarie, songeait-il, des milliers
de sources inconnues bouillonnent : quoi de plus
remplaçable qu'une Mathilde? Aimant pour la
première fois, il se révoltait contre ce mirage
qui noie l'univers entier dans les ténèbres, afin
que soit baigné de lumière un être unique.
Vieil enfant pourri, accoutumé à se servir de
tout pour son plaisir, à tirer parti de tout, il
se répétait que Mathilde lui avait été l'occasion
d'une découverte délicieuse dont il saurait tirer
profit avec une autre... Quelle autre? Il vit en
esprit sécher des serviettes à cette fenêtre de
la rue Huguerie... Quelle autre? Dans le minuscule univers de sa bassesse, dans ce réseau, dans
cette toile gluante que sa mère, pour le pro-
téger, avait dévidée autour de lui pendant un
demi-siècle, il se débattait, grosse mouche prise.
Il fit craquer une allumette et, la bougie levée
devant la glace, il se contemplait. C'est le culte
qui crée l'idole. Mathilde, peut-être, l'unique
Mathilde aurait pu s'attacher à ce vieux dieu
irritable qu'avaient suscité quarante années
d'adoration maternelle. Trop tard! Il se rapprocha de la fenêtre. Quelques gouttes de pluie
avaient dû choir, car il sentit l'odeur de la
terre violentée. Il se coucha sur le plancher, à

plat ventre, les deux bras repliés sous sa figure, et il serait resté là si une courbature ne l'eût obligé à s'étendre de nouveau sur le lit. Le sommeil enfin le délivra. Les premiers ciseaux éveillés ne l'éveillèrent pas plus que si son corps n'avait été qu'une dépouille.

X

CE fut pendant le déjeuner qui suivit cette nuit que Félicité Cazenave, face à ce vieillard qui était son fils, pour la première fois ne songea pas à lui comme à son bien qu'une autre a ravi, et qu'il faut reconquérir avec violence. Alors son amour commença de ressembler à celui des autres mères, qui n'exige rien en échange de ce qu'il donne. Dans cette vieille femme muette et se forçant à manger, se déchaînait une émeute où la passion vaincue consentait enfin à l'abandon de ses privilèges sacrés : qu'il soit heureux d'abord! Si le pouvoir lui en avait été donné, du rivage des morts elle eût rappelé Mathilde. L'ivresse du renoncement ouvrait à son amour une perspective dont elle fut éblouie. Tel est l'instinct de l'amour qui ne veut pas périr : lorsque se dérobe sous lui la terre, lorsque est détruit son ciel familier, il invente un autre ciel et une autre terre. C'est l'heure où l'être qui n'est plus aimé, murmure à celui qui ne l'aime plus : « Tu ne me verras pas.

Je ne t'importunerai pas. Je vivrai dans ton ombre. Je t'entourerai d'une protection dont tu n'auras même pas conscience. » Ainsi Félicité Cazenave, ivre de sa défaite, jetait à sa passion affamée le renoncement comme une nourriture. Elle rompit le silence et d'un ton de supplication :

« Tu ne manges pas, chéri. Il faut manger. »

Il répondit sans lever la tête :

« Tu ne manges pas non plus. »

Et par une habitude d'enfant gâté, il ajouta :

« Je n'ai jamais pu manger seul en face de quelqu'un qui me regarde.

— Mais si, chéri : j'ai très faim. »

Et bien que sa gorge se contractât, elle voulut avaler une bouchée. Comme ils quittaient la table et que Fernand déjà s'éloignait vers le pavillon de l'ennemie, elle le rappela :

« J'ai à te parler, mon enfant. »

Il hésita une seconde puis, maugréant, la suivit au bureau.

« Qu'est-ce que tu me veux? »

Elle avait d'abord entrebâillé les volets. S'étant retournée, elle vit son fils et perdit contenance. Elle balbutia :

« Je m'inquiète de toi. La vie que tu mènes, chéri, ne te vaut rien. Tu te manges les sangs, comme dit Marie de Lados. Il faudrait t'occuper... revoir ces Messieurs... Tu es dans la force de l'âge. Nous sommes à quelques mois des élections municipales. »

Il gronda que tout cela était fini depuis longtemps, ainsi qu'elle l'avait voulu; et comme elle se taisait, il lui demanda si c'était tout ce qu'elle avait à lui dire. Elle lui prit le bras et, ardemment :

« Je ne veux pas que tu te laisses périr. Je ne te laisserai pas mourir...

— Comme l'autre? »

Elle cria qu'elle n'était pour rien dans cette mort. Rien ne laissait prévoir cette infection. Pourquoi ne pas en croire Duluc? Il n'y avait aucune raison de la veiller.

« Du reste, je suis allée la voir, cette nuit-là.

— Je sais, je sais.

— J'ai frappé à sa porte. Je lui ai demandé si elle était souffrante. Elle m'a répondu qu'elle n'avait besoin de rien. D'ailleurs, il n'eût pas été trop tard pour la soigner : son cœur a flanché. Duluc te l'a répété cent fois. Ni toi ni moi n'y pouvions rien. Il faut plusieurs jours à l'infection pour tuer. Mais ta femme avait une maladie de cœur. »

Elle allait et venait dans la pièce, parlant pour se convaincre soi-même autant que son fils; et elle élevait la voix comme si elle eût souhaité d'être entendue par quelque être invisible mais aux écoutes. Lui s'était éloigné un peu de la porte et, tandis qu'elle parlait, il couvrait sa figure de ses mains. Enfin il cria :

« Tu l'as tuée. C'est toi qui l'as tuée un peu tous les jours. »

Elle protesta, furieuse :

« Ce n'est pas vrai. Je me défendais.. J'étais dans mon droit. Et, en tout cas, nous étions deux!

— Qu'est-ce que tu veux dire?

— Qui de nous deux lui a porté le plus de coups? Réponds donc! »

La colère passait en elle comme le feu, y consumait tous les désirs de renoncement à peine nés. Il n'était plus question de se sacrifier, mais de vaincre un fils rebelle, d'être la plus forte comme elle avait toujours été. Elle hurlait :

« Mais regarde-toi donc, mon petit : il faut être ta mère pour te supporter. Voilà cinquante ans que je te tiens tête, moi, ta mère, et je me demande comment je suis encore en vie. Quand j'ai vu arriver l'autre, ah! la pauvre! je savais bien qu'elle ne ferait pas long feu! Il ne t'a pas fallu un an...

— Tais-toi! N'ajoute rien... »

Elle recula devant cette face terreuse, devant les mains de son fils frémissantes et levées. Comme il approchait, elle s'appuya au mur, et elle opposait au dément un sourire, et tout son être semblait lui jeter le défi de cette autre mère : « Frappe au ventre. »

Mais, terrifié par ce qu'il avait failli faire, il n'avançait plus. Dégrisé, il regardait cette vieille femme haletante qu'il avait été au moment de frapper et dont il était né. Il regardait ce pauvre corps essoufflé, rendu, — et enfin, brisant une dure écorce, l'obscure tendresse de l'enfance jaillissait dans un cri misérable :

« Maman! »

Comme elle s'était affaissée sur le canapé, il appuya sa tête contre l'épaule offerte. Pour se terrer, il revenait à ce gîte vivant, et parce qu'il n'y avait pour lui aucun autre refuge au monde. Comme un désespéré, qui veut quitter la terre, se couche tout de même contre la terre marâtre, y meurtrit sa face, aspire aux ténèbres de ses entrailles, ainsi cet homme à bout de souffle embrassait sa vieille mère, étroitement. Et elle, sans force, écrasée, goûtait, les paupières closes, ce bonheur d'un instant. Car il aurait vite fait de se reprendre et bientôt cette faiblesse passagère lui serait un nouveau grief. Ah! qu'elle aurait voulu que la minute en fût éternelle! Pourtant son bras s'engourdissait sous le poids de cette tête lourde; — mais elle était la mère qui, dans les nuits d'hiver, veillait parce que l'enfant ne pouvait dormir qu'en lui tenant la main, et elle demeurait des heures le bras tendu hors du lit, torturée, abandonnant au petit bourreau sa main glacée. Longtemps, du même geste qu'en ces jours où, jeune mère animale, elle flairait avidement le nouveau-né, ses lèvres ne quittèrent pas le front de son vieux fils. Non, non, elle ne le

provoquerait plus; et voici qu'elle s'enchantait
du nouveau ciel entrevu : elle n'exigeait rien
du fils qui était là; elle lui rendrait le goût
de la vie, l'enfanterait une seconde fois. Ainsi
la mère cédait-elle à l'illusion que le bien-
aimé pouvait, à son exemple, tenter de renaî-
tre. Elle ne comprenait pas que l'objet de sa
propre passion était là, vivant contre ses genoux, et qu'elle n'en demandait pas plus pour
tenir tête au destin; — tandis que lui, l'enfant
pourri, qui, pendant un demi-siècle, a brisé
l'un après l'autre tous ses jouets, il a perdu le
dernier au moment qu'il venait d'en découvrir
le prix incalculable. Regarde-le, pauvre femme :
déjà il se relève, il essuie du revers de sa
main son front trempé de sueur, et tu écoutes
ses pas décroître dans la maison morte.

XI

SUIVIRENT quelques jours de détente, parce que le ciel s'était aussi relâché de son ardeur. Des orages rôdèrent toute une semaine sur la campagne presque déserte (car c'était l'époque où il ne reste plus qu'à laisser face à face le soleil et la vigne). Les trains même paraissaient se frayer, à travers la canicule, une route difficile. On racontait qu'entre La Réole et Tonneins la chaleur avait dilaté les rails. Une nuit enfin, un chuchotement éveilla la mère et le fils. Les feuilles aspiraient ces premières gouttes si avidement qu'il fallut près d'une heure avant que la pluie touchât réellement la face consumée du monde, et que la terre en fût transpercée, et que montât son odeur — odeur du désir loin encore de l'assouvissement, mais déjà transmué en joie. Dans les pays du feu, les passions des hommes s'accordent à la violence du ciel, mais quelquefois s'apaisent avec lui. Pendant les repas, Fernand n'opposait plus à sa mère un silence haineux. Aucun abandon,

mais beaucoup de déférence, un empressement
affecté et, à table, tous les soins qu'il faut rendre à une femme âgée. Il ne la quittait que le
café bu. Circonspecte, elle se gardait de poursuivre son avantage. Elle se répétait : « Je le
délivrerai... » Hélas! s'il ne lui était plus cruel,
il continuait toujours de saigner, à cause de
l'ennemie.

Autour du drame interrompu, les grands
arbres : tulipiers, peupliers carolins, platanes,
chênes, agitaient leur feuillage pluvieux sous le
ciel amolli. Ils défendaient contre les regards
étrangers le fils et la mère. Ce qu'on dit de la
province et de ses ragots n'est vrai que pour
les petites gens qui vivent porte à porte. Mais
rien n'est moins accessible aux regards, ni plus
propice au mystère que ces domaines ceints de
murs et enserrés si étroitement d'arbres, qu'il
semble que les êtres qui vivent là n'aient aucune autre communication qu'entre eux ou
avec le ciel. En ville, on jugeait correcte l'attitude des Cazenave : moins nous sommes sen-
sibles à la perte d'un parent, et plus il importe
d'outrer les marques extérieures de notre deuil.
Ainsi s'interprétait la claustration de la mère
et du fils.

Pendant ce septembre pluvieux, Fernand
sortait tout de même le matin, vêtu d'une pè-
lerine dont il rabattait le capuchon. Il suivait
la petite route qui sépare le jardin de la ligne
Bordeaux-Cette. Sur les wagons de marchan-

dises garés là, il lisait distraitement, et sans
y reconnaître un présage horrible, l'inscription :
Hommes 38-40. Il rentrait. Sa mère le laissait
approcher et elle interrogeait ce visage clos.
Elle y discerna, chaque jour davantage, un air
détendu, presque paisible, que d'abord elle
voulut croire joué. Mais aurait-il été capable
de donner si longtemps le change? Quelque douceur lui était venue d'ailleurs — une consola-
tion inconnue. Il allait mieux, il allait mieux
sans qu'elle y fût pour rien! Autrefois, une
bonne avait été chassée parce qu'elle prétendait
avoir sauvé Fernand pendant sa scarlatine. Une
morte aujourd'hui le sauvait que la mère jalouse ne chasserait pas. Ainsi s'écroulait son
appui dernier : elle était inutile à Fernand.
Jamais, depuis sa petite enfance, déjà défigurée
par tant de caprices, elle ne lui avait connu
ce sourire vague et doux, presque puéril. Pendant cinquante ans, la mère avait répété :
« Que deviendrais-tu sans moi! Heureusement
que je suis là! Si tu ne m'avais pas! » Hélas!
elle était devant ses yeux comme si elle n'était
plus, et sans elle, malgré elle peut-être, il avait
reconquis la paix. La certitude d'être nécessaire prolonge la vie des vieilles femmes. Beaucoup meurent du désespoir de ne plus servir.
Certaines, à demi mortes, ont revécu parce
qu'une fille veuve, des enfants orphelins
criaient au secours. Félicité ne pouvait plus rien
pour son fils. Au vrai, du temps de sa puissance

sur lui, en avait-elle usé pour le rendre heureux? La nuit, ne dormant pas, dans le silence ennemi, oppressée par le vide mortel de cette chambre derrière la cloison et où l'enfant chéri ne s'étendrait plus, elle se répétait : « Toute autre vie l'aurait tué. Livré à lui-même, il serait mort... » Qu'en savait-elle? Le vent au loin courait sur les Landes, atteignait ces rives incertaines où les derniers pins s'écartent devant les vignes sacrées de Sauternes et là, il ne savait où se prendre jusqu'à ce que les arbres du jardin fussent saisis d'une étreinte soudaine et, tous ensemble, frémissants.

Tout de même, il lui restait une fonction dernière à remplir auprès du bien-aimé : la morte, qui le consolait, agissait sur cet esprit malade mais non sur ce corps souffrant. Ce corps, sorti du sien, appartenait toujours à la mère. Fernand ne voulait pas recevoir le docteur Duluc que Mme Cazenave alla consulter en secret. Il fallait d'abord, selon lui, vaincre chez Fernand le dégoût de la nourriture « afin qu'il se fît du sang ». Félicité se forçait à manger pour l'entraîner. Bien que ses artères eussent dû lui imposer un régime de restrictions, elle se gavait de viandes rouges. Le même dialogue, à chaque repas, s'élevait :

« Tu ne manges pas, chéri.

— Toi non plus.

— Mais si, tu vois? Reprends un peu de « filet-mignon ».

— J'en reprendrai si tu en reprends. »

Il n'est pas de martyre que dans le sublime. On peut donner sa vie en choisissant de toutes les morts, la plus basse.

Félicité ne savait plus rester seule : l'après-midi, elle tournait dans la cuisine et ne se retenait plus de se confier à Marie de Lados.

« Il ne pouvait la souffrir quand elle vivait. Il n'y a aucune raison pour qu'il la regrette.

— Té, pardine!

— Ce qu'il en dit, c'est pour me tourmenter. J'ai tort de lui laisser voir que je me fais du mauvais sang.

— Hé bé, c'est bien possible, oui, madame. »

Marie de Lados moulait du café. Mais ses yeux craintifs de chienne couchante ne quittaient pas ceux de la maîtresse, de peur d'être en retard d'une seconde pour approuver. Un sourire docile était à demeure sur sa face de serve. Pourtant elle fut muette lorsque Madame ajouta :

« Quand on est mort, c'est pour longtemps. Les morts vont vite, comme on dit. »

Marie de Lados se tut, parce qu'à la messe de sept heures, chaque dimanche, quand elle revenait de la Sainte Table, ayant sur les cheveux son voile de mariée, c'était, dans ce cœur fidèle, une résurrection de toute sa race endormie, depuis l'aïeule qu'on laissa peut-être mourir de faim, depuis le père et la mère impi-

toyables, jusqu'à ce drôle : Jaousèt, qui l'avait
prise dans la brande un soir de l'été 47, et dont
elle fut, pendant trente ans, la bête de somme,
jusqu'à ce petit enfant de trois ans qu'elle avait
perdu. Ainsi tous les habitants d'une métairie
obscure d'autrefois s'éveillaient dans ce cœur
plein de Dieu. Marie de Lados invitait même
à entrer la foule des aïeux inconnus et les
groupait autour de Celui qui était là.

« Je suis bien tranquille, comme on dit, les
absents ont toujours tort.

— Et té, oui. »

Mais Félicité n'ajouta plus un mot et, les
épaules soulevées, quitta la cuisine. Elle commençait de savoir que les absents ont toujours
raison : ils sont ceux qui ne contrarient pas
le travail de l'amour. Si nous regardons notre
vie, il semble que nous ayons toujours été sé-
parés de ceux que nous aimions le plus : c'est
peut-être parce qu'il a toujours suffi qu'un être
adoré vive à nos côtés, pour qu'il nous devienne
moins cher. Ce sont les présents qui ont tort.

XII

Vint la saison où, en dépit de la fraîcheur commençante, on hésite devant le premier feu comme devant un sort inconnu. Les Cazenave, avant et après chaque repas, s'établirent donc à la cuisine. Cette circonstance rapprocha la mère et le fils. Il ne s'en tint plus à des propos indifférents, mais toutes ses paroles témoignaient d'un travail secret en lui, de curiosités inattendues.

« Est-ce que, papa et toi, vous vous aimiez? »

Etrange question d'un homme qui naguère pensait aux morts moins encore qu'aux vivants. Et elle ne savait que répondre, pressentant que le mot amour prenait, dans la bouche de son fils, un sens nouveau, profond. Il insistait :

« Est-ce que tu l'aimais autant que moi? »

Elle répondait que « ça n'avait aucun rapport ». Non, aucun rapport entre le besoin insatiable de domination, de possession spirituelle que lui inspirait le bien-aimé de qui pour elle dépendaient toute douleur et toute

joie — vie à laquelle était suspendue sa vie
— et cet attachement d'habitude, ce compa-
gnonnage que la mort avait si tôt rompu, sans
que la veuve donnât beaucoup de larmes. Numa
Cazenave était mort seul parce que, cette an-
née-là, Félicité faisait prendre à Fernand les
eaux de Salies. Elle savait que son mari était
tombé sur la route, devant chez les demoiselles
Merlet, en revenant de jouer au cercle sa partie
quotidienne. Mais elle ne se souvenait pas de
ce qu'on lui avait rapporté sur cette agonie
parmi des étrangers, ni que la veille il avait
fait la tournée de ce qui lui était le plus cher
au monde : l'hospice qu'il administrait, ce
domaine chéri dont il avait voulu qu'un peu
de terre grasse recouvrît sa tombe, — ni que
sa dernière parole avait été : « La foi nous
sauve. » Elle ne voulait pas se souvenir de sa
secrète satisfaction, parce que tout s'était accompli sans qu'elle en fût témoin, et qu'il ne restait
plus qu'à régler les affaires d'intérêt où elle
trouvait un agrément extrême. N'ayant jamais
pratiqué l'examen de conscience, elle n'avait
jamais souffert de ce honteux enivrement
qu'elle éprouva à se sentir libre, seule avec
l'unique objet de sa passion que d'abord elle
retira du collège où son père avait exigé qu'il
fût interné.

« Est-ce que papa avait eu beaucoup de chagrin, à la mort de mon frère Henri? »

Cette nouvelle question la fit tressaillir. Un grand feu de sarments éclairait les carreaux délavés de la cuisine. Marie de Lados plumait la première palombe. Sous la lampe, son petit-fils, en tablier noir, se bouchait les oreilles et ânonnait les réponses du catéchisme : « *Il y a donc trois Dieux? — Pardonnez-moi, ma sœur, les trois personnes de la Sainte Trinité ne font qu'un seul et même Dieu.* » Cet enfant, Raymond, passait toujours auprès de sa grand-mère le temps des vendanges, parce que ses parents étaient embauchés au Château Yquem, chez M. le marquis.

« Nous avons eu le même chagrin, ton père et moi.

— Mais tu m'avais dit que c'était papa qui avait exigé qu'on photographiât le petit Henri sur son lit de mort... Toi, tu trouvais que ce n'était pas la peine. »

Elle revit en esprit, dans l'album, ce visage éteint, blême, effacé, terrible de l'enfant perdu. Quelle était étrange, chez Fernand, cette curiosité soudaine pour les choses finies! Il ressemblait à un homme qui a accompli distraitement et sans préparation un beau voyage et qui, bien plus tard, se désole à cause de ce qu'il n'a pas su voir et de ce qu'il ne verra plus. Il obligeait sa mère à se rappeler l'immense douleur de son mari, et comme sa propre peine en parut plus chétive, lorsque mourut ce fils puîné. La seule terreur alors la dominait que Fernand

prît le même mal. Elle craignait aussi que, plus
tard, cela portât tort à l'enfant d'avoir eu un
frère mort de la méningite. Dans un sentiment
de délivrance, elle avait songé que « ça aurait
pu être lui ». Mon Dieu, pourquoi remuait-il
ces souvenirs? Il y avait quarante ans que tout
cela s'était passé. Elle leva les yeux vers lui
qui était debout, le dos tourné à la flamme,
et remuait nerveusement la cuisse gauche,
comme lorsqu'il suivait une idée. Ah! l'ennemie, toujours! elle seule éveillait, dans ce vieil
homme, une curiosité désolée touchant les
choses accomplies, ce goût des songes inutiles.
Mais Félicité n'eût pas été capable d'imaginer
la rêverie de Fernand à cette minute, ni d'en
suivre les bizarres méandres. Pensant à sa mère
et à lui-même, il se disait : « Je suis plus à
plaindre qu'elle, parce que je n'ai rien eu; et
elle m'a eu. »

Les sarments consumés, la cuisine s'emplit
de nuit. Marie de Lados alluma une lampe
Pigeon sur la table où la toile cirée était souil-
lée et déchirée par les couteaux. L'enfant au
catéchisme s'y accouda. Dans ses cheveux hir-
sutes, et comme un plumage de corbeau, sa
main était prise et paraissait blanche. Il répétait : *Il y a donc trois Dieux?* comme s'il n'avait
pas su qu'il n'y a qu'un seul Dieu — qu'un seul
amour. Et par instants, ses yeux pleins de sommeil se levaient vers le couple sombre des

maîtres devant l'âtre. Dans la souillarde, ainsi qu'elle faisait depuis soixante ans, Marie de Lados lavait la vaisselle. Quand elle revint, son petit-fils, la tête posée sur la table, dormait, la bouche ouverte. Elle le contemplait : un sourire ineffable fit resplendir son visage taillé dans du vieux buis, sa face de vierge noire. Bien qu'il eût l'âge de la première communion, elle le prit dans ses bras. La tête charmante était inerte, les jambes égratignées et sales balançaient des souliers ferrés comme les sabots d'un petit âne. Elle l'emporta sans fléchir : elle avait été à douze ans servante de métayer, domestique de domestiques, ce qui s'appelle dans la Lande une gouge; et on l'obligeait à tenir, dans chaque main, la main d'un enfant, et on attachait le nouveau-né sur son frêle dos : s'il pleurait, elle était battue...

Cependant Félicité, ayant senti que le bien-aimé la regardait, leva les yeux. Depuis combien de jours ne lui avait-il accordé une attention si douce? Elle en fut émue au point de lourdement se soulever, de passer le bras autour du cou de son fils, d'attirer sa tête, et elle dit :

« Je retrouve mon petit : il a pitié de sa vieille maman. »

Si elle avait pu prévoir ce qu'il allait répondre, ah! qu'elle aurait retenu cette effusion! A peine la phrase dite, il fallut recevoir ce coup en plein cœur :

« C'est « elle » qui veut que je sois bon pour toi... »

Et il la baisa sur la joue.

Elle s'était détachée de lui. Le grondement d'un train de marchandises s'éloignait. La mère sentait en soi le cheminement horrible de cette parole. Elle devait sa grâce à l'ennemie : il lui fallait subir cette honte. Il aimait Mathilde au point de l'avoir ressuscitée et se persuadait de sa présence en lui, hors de lui. De cette présence lui venait une paix que, sous le règne de sa mère, il n'avait jamais connue. Le ciel pleuvait sur les allée feuillues. Dans l'ombre, une bassine de cuivre étincelait comme une face brûlante.

XIII

LE lendemain soir, la mère et le fils s'assirent
à la même place. Fernand avait dit : « On
pourrait faire allumer au bureau »; mais Félicité avait répondu : « L'hiver sera bien assez
long. » Jeune fille, dans cette Lande perdue
où elle attendait un époux, elle avait veillé
ainsi à la cuisine parfumée comme ce soir de
châtaignes et d'anis. Mais au lieu d'une lampe,
c'était une chandelle de résine qui éclairait sur
ses genoux la livraison toute fraîche des *Trois
Mousquetaires*. A cette heure, Marie de Lados
pouvait, dans ces années lointaines, s'asseoir,
pourvu qu'elle filât. Les chiens grondaient à
cause des sangliers qu'attirait le cochon. Sur
la table, étaient blanches les serviettes qui re-
couvraient la cruchade. Des voisins laissaient
leurs sabots sur le seuil et une bouffée de nuit
résineuse entrait avec eux. Une charrette caho-
tait dans les ornières de sable. Ce soir, c'est
un train qui, sifflant, sépare les ténèbres. Félicité écoute battre ses tempes. Elle dit à Marie

de Lados qu'elle se sent une barre sur l'estomac et qu'elle n'aurait pas dû reprendre de l'anguille; mais c'était pour que le fils en reprît. La flèche reçue hier est fichée encore dans sa chair. Elle se tait : plus un mot désormais qui puisse lui attirer un coup. Marie de Lados fait réciter à Raymond son « Credo ». Toujours aux mêmes endroits, il trébuche.

« Recommence!

— Je crois au Saint Esprit, la Sainte Eglise Catholique, la Communion des Saints, la rémission des péchés, la vie éternelle...

— Et la *résurrection de la chair*, alors? Recommence! »

Il récita d'affilée mais, ânon rétif, s'arrêta net au même tournant, l'air buté, anxieux.

« Recommence. »

Derechef il part au petit trot, puis à fond de train, et s'arrête encore, les oreilles droites, devant *résurrection de la chair*.

« Où a-t-il la tête, ce drôle? Répète-le-moi vingt fois. »

Et l'enfant riant, comme au jeu où il faut dire très vite « la grosse cloche sonne », répéta : *Résurrection de la chair, résurrection de la chair.*

Quand il se tut, la voix du maître s'éleva :

« Des hommes croient que la chair ressuscite... »

Marie de Lados, comme chaque fois qu'il était question de religion, méfiante, se hérissa

et, par-dessus ses besicles, observait son maître.
Mais elle fut rassurée parce qu'il ne riait pas.
Félicité feignit de ne pas comprendre à quelle
chair il songeait, et elle gronda :

« Tu sais que nous avons promis à Marie
de Lados que nous ne nous mêlerions plus de
toutes ces histoires de Bon Dieu... »

Elle ajouta :

« Que je souffre! »

Il ne répondit pas. Il allait et venait dans
la cuisine, tandis que Marie de Lados allumait
une bougie et emmenait l'enfant. Le plus loin
possible du feu, à l'autre extrémité de la pièce,
il demeura enfin immobile, le front contre la
vitre noire. Sa mère, en proie à un malaise
profond, l'appela, mais il ne l'entendit pas.
Jamais elle n'avait senti le bien-aimé à ce point
détaché d'elle. La forme seule lui apparaissait
de ce grand corps sombre confondu avec la
nuit. Elle aurait voulu le rappeler; aucun son
ne sortit de sa gorge. Elle ne le voyait plus;
il n'était plus là; il s'enfonçait, il se perdait
dans les humides ténèbres de l'arrière-automne.
Enfin, en un immense effort, elle put crier :

« Où es-tu? »

Il répondit qu'il écoutait pleuvoir, sans détourner la tête, et de nouveau colla à la vitre
sa face. Ainsi demeura-t-il longtemps dans une
torpeur douce, écoutant le bruit répété, obstiné
d'une seule goutte sur une feuille de magnolia
qui touchait la fenêtre, puis, lorsque le vent

passait, la courte averse des feuillages, puis le
dernier express qui ne s'arrêtait pas, vertige
lumineux de vitesse et de risque dans l'ombre.
Enfin un autre bruit s'éleva qu'il crut reconnaître : depuis plusieurs semaines, après le
dîner, sa mère tombait dans de brefs sommeils
comme dans des trous et ronflait laidement,
la tête basse, la mâchoire décrochée. Il voulut
se recueillir encore mais, importuné par ce
ronflement, il s'avisa qu'il était plus bruyant
et plus embarrassé que de coutume. Fernand
se retourna, prit sur la table la lampe et s'approcha de la dormeuse. Il ne comprit pas tout
de suite : dans la face couleur de terre, les yeux
s'ouvraient, ternes. La langue sortait un peu
de la bouche du côté gauche qui était immobile; l'autre se contractait, grimaçait.

XIV

« On n'en fait plus sur ce patron-là », disait le docteur, stupéfait que la vieille femme survécût. Sans doute demeurait-elle paralysée, incapable d'aucune parole. On fit sa chambre dans le bureau du rez-de-chaussée, pour qu'elle pût passer ses journées à la cuisine.

« Il y a toujours ici quelque chose ou quelqu'un qui lui change ses idées, disait Marie de Lados. Elle entend le train, elle regarde à l'horloge s'il n'a pas de retard. »

En vérité elle ne vivait plus que pour attendre Fernand. Il entrait le matin, vers huit heures. Son café au lait était servi sur un coin de la table. Il baisait le front de sa mère; elle s'installait et le regardait manger. D'abord ce regard éteint, sanguinolent, l'avait gêné; mais il n'y prêtait plus guère d'attention. Après le repas de midi qu'il prenait seul, il s'asseyait un instant en face de l'infirme, ouvrait *La Petite Gironde* et, malgré l'accoutumance, s'arrangeait pour que le journal déplié lui dé-

robât ce regard fixe et goulu. « Elle se le
mange des yeux », disait Marie de Lados. Le
journal lu, il s'en allait. La mère alors fixait
cette porte, longtemps après qu'il l'avait fermée. De sa main libre, elle frottait, frottait
un endroit de la robe toujours le même et
devenu luisant d'usure. Le bien-aimé traversait
de nouveau la cuisine pour le repas du soir
et, enfin, commençait la veillée. Il ne dérobait
plus sa face, soit qu'il se sentît à demi protégé
par l'ombre, soit qu'il se résignât à cette cha-
rité dernière de se laisser adorer. Elle n'avait
tout le jour vécu que pour ce commencement
de la nuit. Elle se rassasiait par les yeux avant
qu'ils se remplissent de ténèbres. C'était, près
de la troisième heure, l'instant de l'éponge
offerte à la victime. Ah! plus amer que le fiel,
sur ce visage tendu, était tant d'amour dont
une autre qu'elle recevait l'offrande. Pourtant
Félicité Cazenave éprouvait obscurément qu'il
était bon qu'elle souffrît pour son fils; mais
elle ne savait pas qu'elle était crucifiée.

Elle mourut au déclin de l'hiver. Les gens
de Langon racontent qu'il fallut retenir Fernand Cazenave, penché sur la fosse comme s'il
eût voulu s'y précipiter. Nul ne comprit qu'il
cherchait seulement à discerner, entre toutes
ces formes dans l'ombre, la boîte où ce qui
fut Mathilde redevenait poussière et cendre.

XV

FERNAND CAZENAVE crut d'abord que seul un notaire importun le détournait de Mathilde : Comment se recueillir, comment descendre en soi-même jusqu'à ces grandes profondeurs où veille une âme bien-aimée, lorsqu'un petit homme ventru à toute heure du jour s'impose, étale des paperasses, quémande une signature? Le père de Fernand, Numa Cazenave, avait déshérité son fils mineur au profit de sa femme. Ce testament illégal, jamais Fernand n'aurait eu même la pensée de ne s'y point conformer : il reste encore de ces anciennes familles où le Code civil ne prévaut pas contre la volonté toute-puissante du père. Au reste, ayant atteint l'âge d'homme, il plut à Fernand de se reposer sur sa mère d'une charge dont elle n'était en rien accablée; il reçut d'elle chaque mois l'argent nécessaire et cette sujétion, dont s'était tant gaussée Mathilde, ne prit fin qu'avec la paralysie de la vieille dame.

Lorsque Fernand Cazenave eut apposé une dernière signature, il se persuada que le seul tracas de ses rentes et de ses terres détruisait cette quiétude, cette hébétude divine où naguère il rejoignait Mathilde. Puis il connut comme il est facile d'avoir dans une banque un compte ouvert, et que les pins poussent tout seuls. Il comprit que si sa mère, à la Toussaint, montait en cabriolet pour « régler les gemmes » au pays du sable, nulle autre nécessité ne la pressait que le goût de respirer, une fois l'an, l'odeur des pins natals dans ce temps de l'année où l'équinoxe balance leurs cimes sombres. La veuve, qui s'était débarrassée en hâte du vignoble que son mari avait tant aimé, n'eût point consenti à se défaire d'une parcelle des tristes forêts où elle était venue au monde. Fernand se rappelle, dans son enfance, l'interminable voyage, lorsque pour se rendre chez le grand-père Péloueyre, il traversait en cabriolet le pays de Sauternes puis, délaissant les vignes et la Garonne heureuse, atteignait la route sylvestre que les bouviers défoncent. Le visage de sa mère, en ces années, s'encadrait de brides noires nouées sous le menton. Cahoté par la vieille voiture à deux roues, la tête renversée, l'enfant voyait couler un trouble ciel d'octobre entre les noires cimes pressées et il criait quand, d'une rive mouvante à l'autre, passait un triangle d'oiseaux. Si quelque courant d'eau vive faisait s'infléchir la route et se

décelait par une fraîcheur brusque, sa mère
le couvrait de son manteau comme d'une aile
noire. Elle craignait qu'il prît froid et, s'il se
plaignait au contraire d'avoir trop chaud, elle
glissait, inquiète, un doigt entre son col et son
cou. Une fois, par un jour orageux, les taons affo-
lèrent le cheval qui cassa un brancard. C'était
l'époque où la nuit arrive vite. Tandis que le
cocher-paysan réparait la voiture, Fernand et sa
mère attendirent au bord de la route. Il se
souvient qu'il éprouvait sur cette route déserte,
déjà noyée de crépuscule, une sécurité bienheureuse parce que sa mère était là. Au-delà
des hauts talus de cendre, les courtes fougères
rousses d'une lande incendiée frissonnaient. Le
cri de bête d'un berger ralliait des brebis épar-
ses et confondues dans un carré de brouillard...
Une sécurité bienheureuse parce que sa mère
était là...

Fernand regarde autour de lui : c'est bien
la chambre où Mathilde est morte. Voici le
cadre en coquillages où elle ne sourit pas. Un
oiseau grimpeur chante avec sa voix de printemps. Matinée pleine de fumée et de soleil.
Pour rejoindre Mathilde, il lui faut remonter
des profondeurs de sa vie à l'extrême surface
du passé le plus proche. Il essaie de s'atten-
drir, songeant comme ils ont peu vécu ensemble.
Maintenant la bru n'a plus sur la belle-mère
l'avantage d'être morte : sa vieille ennemie
l'a rejointe dans le troisième caveau à gauche

contre le mur du fond. L'une et l'autre appartiennent désormais à ce qui n'est plus; et Fernand s'irrite de la petite part de sa vie dévolue à l'épouse, alors que la mère couvre de son ombre énorme toutes les années finies.

Il achève de s'habiller, erre au jardin, regarde à la dérobée la fenêtre du bureau où ne l'irritera plus une vieille tête à l'affût. Est-ce parce qu'il ne se sait plus ainsi épié, qu'il éprouve si peu le désir de rejoindre Mathilde? Fallait-il que cet immense amour obsédant de sa mère le cernât de ses flammes pour que, traqué, il descendît en lui-même jusqu'à Mathilde? Voici que l'incendie est éteint, — ce brasier, qui le rendait furieux, soudain le laisse grelottant au milieu de cendres. Il existe des hommes qui ne sont capables d'aimer que contre quelqu'un. Ce qui les fouette en avant vers une autre, c'est le gémissement de celle qu'ils délaissent.

Et maintenant, dans l'allée du Midi, Fernand désœuvré s'arrête, renifle un lilas, puis un autre, comme un lourd bourdon, sans que la haie de troènes lui évoque aucun visage. Marie de Lados l'appela pour le déjeuner où il mangea, plus que de coutume, des petits pois frais cueillis. A l'heure de la digestion, seul dans le bureau où était encore dressé le lit de la paralytique, il éprouva un passager bien-être et songea, l'espace de quelques se-

condes, à son « habitude ». Il résolut de télé-
graphier rue Huguerie, s'assit devant le bureau,
chercha, sans entrain déjà, la formule qu'il
écrivait autrefois d'une main rageuse (parce
que ses idées de fugue lui venaient toujours
après une scène avec sa mère). Elle avait beau
le tourner en dérision, lui crier : « Tu vas
me revenir dans un joli état... Dans trois jours,
tu seras frais! » Il savait qu'elle sécherait d'inquiétude et que, jusqu'à son retour, elle ne
vivrait plus. Sans cette angoisse qu'il laissait
derrière lui, peut-être ne serait-il jamais parti.
Retours humiliants et doux, lorsque, dans une
atmosphère de joie grondeuse, de tendre
moquerie, de soins infinis, il reprenait vie! La
pensée qu'il pût rentrer de Bordeaux dans cette
maison déserte le glaça, — qu'il pût revenir,
vieux prodigue moulu, sans apercevoir, dès la
descente du train, sa mère accoudée à la terrasse
qui donne sur la gare, une main à la hauteur
des sourcils, cherchant à le reconnaître dans
le troupeau des voyageurs. Et déjà il déchirait
en menus morceaux le télégramme. Plus rien
à faire. Si sa mère avait voulu qu'il ne vécût
que par elle et comme suspendu à son souffle;
si elle n'avait souffert la concurrence d'aucun
travail, d'aucun divertissement, d'aucune espé-
rance, d'aucun amour, elle pouvait, du fond de
ses ténèbres, se glorifier de l'œuvre accomplie :
le soleil maternel à peine éteint, le fils tournait
dans le vide, terre désorbitée.

XVI

LES rares promeneurs de la route qui longe la ligne Bordeaux-Cette s'arrêtaient pour observer, entre les arbres, la grande maison muette dont on disait que personne jamais plus ne franchissait le seuil. Ils virent, pendant quelques semaines encore, s'ouvrir les persiennes derrière lesquelles Fernand Cazenave passait des nuits blanches, étendu sur le lit de Mathilde. Mais, un matin au milieu de l'été, elles demeurèrent closes : dans ce que Félicité avait appelé « le pavillon de l'ennemie » toute vie fut éteinte. D'un dimanche à l'autre, s'éveillèrent brièvement les fenêtres de Félicité Cazenave, puis celles de la chambre où Fernand espéra retrouver le sommeil dans son lit d'enfant. Mais sur toutes ces couches il demeurait la proie misérable de l'insomnie. Et quand ce fut l'automne, à l'époque où, pour la Saint-Michel, des gitans, vêtus de loques écarlates, campèrent contre la grille du jardin et allumèrent des feux puants, la chambre de Félicité, puis celle

de Fernand furent aussi fermées à jamais.
Comme dans un grand corps près de sa fin, la
vie se retira des extrémités de la maison et se
concentra dans la cuisine. Le lit de la paralytique, dressé encore au rez-de-chaussée, servit
désormais à Fernand. Le matin, à peine levé,
il passait à la cuisine et y retrouvait, au coin de
la cheminée, le fauteuil où sa mère avait attendu de mourir en le dévorant des yeux.

En haut, la poussière s'accumulait dans la
chambre où Mathilde était morte. Elle ternit le
verre du cadre en coquillages derrière lequel
s'effaçait un jeune visage sans sourire. Des lis,
séchés depuis des mois, étaient encore dans les
vases que naguère Fernand garnissait avec une
si brûlante ferveur. Marie de Lados bougon-
nait qu'elle ne pouvait pas tout faire.

Pour demeurer autant que naguère une serve
agenouillée et tremblante, Marie de Lados
voyait de trop près maintenant, la vieille idole
déboulonnée, descendue de son socle et qui lui
était toute livrée. Fernand exigea que, comme
du temps qu'elle veillait sa maîtresse, elle couchât dans un cabinet noir attenant au bureau,
afin que d'une voix pleurarde, la nuit, il la
pût appeler. Elle était son refuge suprême,
celle qui avait connu les anciens, et dont les
sauces, d'après des recettes perdues, imposaient
aux plus lointaines pièces l'odeur qu'avaient
aimée les grands-parents. Trois générations de
Péloueyre avaient usé ces mains de laveuse.

Mais il fallait que le destin poursuivît Fernand
Cazenave jusque dans cette retraite dernière
et l'en débusquât.

Avec les canards sauvages, avec les palombes
farouches, le temps des vendanges ramena dans
la cuisine, Raymond, ce petit-fils de Marie, dont
les parents coupaient le raisin à Yquem, chez
M. le marquis. Il était devenu un beau petit
drôle dru, aux grandes oreilles décollées, la
poitrine cuite comme une poterie. Ses pieds nus
et purs claquaient sur les dalles usées; du rire
mal éteint couvait dans ses yeux pareils à des
grains de chasselas roux. D'abord Marie de
Lados avait eu peur qu'il fatiguât le maître;
car l'enfant entrait et sortait sans cesse, laissait
la porte ouverte ou la faisait battre. Mais Fernand ne voulait point qu'on le grondât. Du
même regard lourd dont l'année précédente
l'avait couvé sa mère taciturne, il suivait ce
petit merle. Il aurait voulu lui parler; mais
qu'est-ce qu'il faut dire à un enfant? Parfois
il tirait de son gousset une boîte ronde où
étaient des bonbons contre la toux et, quand
Raymond passait à portée, il tendait l'appât en
susurrant : « Une pistache? » Le petit s'arrêtait,
essoufflé, rouge, et pendant qu'il se servait, Fernand l'attrapait par le bras, le retenait. Mais
lui, le cheveu bleu-noir hérissé comme de la
plume, la tête détournée, piétinant, il cherchait
à s'envoler...

Quand elle fut sûre que la présence de son petit-fils ne déplaisait pas au maître, Marie de Lados manœuvra pour le garder tout l'hiver. Fernand ne flaira pas le danger. Félicité n'eût même pas pris le temps d'examiner une telle requête : elle savait qu' « avec ces gens-là, il ne faut pas se créer d'obligations ». Après avoir renvoyé Marie de Lados à ses fourneaux en la traitant de pecque, elle n'eût point manqué de répéter au fils chéri : « Si tu ne m'avais pas! Heureusement que je suis là! Sans moi, tu donnais dans le panneau. Tu n'y vois pas plus loin que ton nez. Tu n'as pas plus de défense qu'un bébé. Si je ne veillais au grain, le premier venu te roulerait... » Mais elle ne marchait plus devant lui en écartant les branches. Il ne pressentit aucun péril, même quand les parents de Raymond se firent prier pour le laisser chez M. Cazenave et affectèrent de ne céder que par grâce.

Ce vorace drôle, aux mains crevées d'engelures et souillées d'encre et qui ne se souciait pas plus du maître silencieux que du buffet ou de l'horloge, eut tôt fait de déplaire à Fernand, puis de lui causer de l'horreur lorsqu'il s'aperçut que Marie de Lados se relâchait dans son service. Elle négligeait la vieille idole égrotante pour l'enfant radieux et qui était son sang. Il ne s'agissait pas de manger la soupe avant qu'il fût rentré. C'était le claquement de ses sabots

sur le perron qui annonçait l'heure des repas.
Une angine bénigne, dont Raymond fut atteint
en décembre, suffit pour que Marie de Lados
désertât le cabinet où elle dormait près de
son maître. Le pire fut que la mère du petit
s'installa céans, sous prétexte de le soigner.
Marie de Lados redoutait fort cette fille : lan-
daise édentée et noire, elle trahissait, par l'œil
et par le bec, une férocité de poule. Le père
qui travaillait dans un chai, rentrait le soir
— garonnais de l'espèce énorme, taillé en force
— mais l'estomac ballonné hors d'un pantalon
bleu qu'une ceinture ne retenait pas —, her-
cule détruit, rongé au-dedans par la mortelle
douceur du sauterne. Bien que le petit fût
convalescent, le couple chaque soir s'attablait
à la cuisine et Fernand Cazenave dut être servi
dans la salle à manger, toujours glacée en dépit
d'un grand feu. Pendant ses brefs repas, il
entendait des rires épais, des glapissements;
mais lorsque pour le servir Marie de Lados
ouvrait la porte, ce n'était plus que du patois
chuchoté, des chocs de cuillers et d'assiettes,
jusqu'à ce que, la porte refermée, ils eussent
recommencé de glapir.

Ils ne savaient pas que dans la salle froide
et dont toujours il avait exécré les fausses boiseries jaunâtres, Fernand Cazenave n'était plus
seul. Quand il levait les yeux de son assiette,
lui apparaissait, à la place où pendant un demi-
siècle elle avait trôné, sa mère majestueuse,

dominatrice — plus imposante encore dans la
mort et de qui le divin visage courroucé faisait
honte à son faible fils. Hé quoi! il ne chasserait
pas de la maison cette vermine? Fernand, par
la pensée, recréait la déesse redoutable dont
un froncement de sourcils faisait filer doux les
subalternes, courtiers, métayers, valets de tout
poil. Vieil Enée près de sombrer, il tendait vers
la « genitrix » toute-puissante ses mains de
suppliant. Vaincu, il adorait celle qui avait été
forte. Sa mère admirable! Pourquoi une petite
institutrice ricanante avait-elle eu le front de
se mettre au travers de sa route? Mathilde,
dont le fantôme aussi s'asseyait à cette table,
loin du feu, dans le courant d'air, comme lorsque tu étais vivante, la mort ne te défiait plus.
Mais Fernand se rappelait ce dos rond, cet air
battu, ces yeux jaunes de chatte pourchassée.

La maison tressaillit au passage d'un rapide
que les criailleries de la cuisine empêchèrent
d'entendre gronder sur la Garonne. La fureur
maternelle, ce délire qui si souvent avait fait
piétiner la lourde femme hagarde s'empara de
Fernand; et déjà il se dressait, avançait vers la
porte, lorsque parut Marie de Lados avec un
plat de laitage. Elle dévisagea son maître, habile
à épier sur cette face les signes de la tempête.
Elle dit d'une voix étranglée :

« Je vais prévenir « la fille » qu'elle fatigue
Monsieur. »

Tremblante, elle revint à la cuisine. « La fille » lui faisait éprouver cette terreur que leurs enfants inspirent à tous les vieillards de la Lande. (La fille et le gendre, après lui avoir arraché sou par sou sa pauvre épargne, l'accusaient encore d'avoir de l'argent caché.) Fernand quelques secondes entendit la vieille qui parlait seule. Mais avec une horrible voix du gosier, la fille soudain hurla en patois. Rien ne témoignait plus de l'étrange isolement où avait vécu Fernand Cazenave que son ignorance du patois. L'oreille collée à la porte, il comprit que Marie de Lados tenait tête à ses enfants. Mais qu'exigeaient-ils de la vieille? « Moussu » revenait trop souvent dans leurs propos pour qu'il pût douter d'être l'objet de cette dispute. Comme il entendait mal, Fernand quitta la salle à manger en passant par le vestibule. Son pas éveilla l'écho de l'immense pièce dont, aux extrémités, les portes sans volets découpaient deux rectangles clairs de nuit glacée; puis un corridor le ramena à cette porte de la cuisine qui s'ouvre en face du grand escalier. Frissonnant dans le noir, il entendait outre « Moussu », que revenait souvent aussi « lou drôle ». Marie de Lados cria en français : « Mais puisque je vous dis qu'il n'a pas demandé une fois des nouvelles du drôle. » Elle connaissait Monsieur, peut-être! Comme s'il était homme à se gêner pour un drôle! L'enfant l'avait distrait pendant quelques jours. Et maintenant il n'en voulait plus. On ne pouvait pas tout de même le forcer... La fille glapissante l'interrompit : « Si! tu pourrais le forcer à ce que tu voudrais : il ne peut plus se passer de toi, cette vieille chiffe! mais tu n'aimes pas ta famille... » Elles recommencèrent de hurler en patois.

Fernand avait redressé sa haute taille. Sa mère le poussait en avant; elle était en lui; elle le possédait. Qu'attendait-il pour entrer sans crier gare, pour d'un coup de pied démolir cette table? Mais ses jambes se dérobaient; son cœur s'affolait : « dormir d'abord... » Il se laissa choir sur la caisse à bois à demi fermée. Le couvercle claqua et ce bruit sec interrompit, derrière la porte, les criailleries. Il se leva, fut au bureau où le feu n'avait pas été entretenu. Couché enfin, et sa bougie éteinte, il s'aperçut que Marie de Lados avait aussi négligé de clore les persiennes. Il voyait, depuis son lit, la pureté de la nuit. Comme il avait plu tout le jour, les arbres s'égouttaient dans un silence surnaturel et il n'y avait plus rien au monde que ce bruit calme de larmes. Un apaisement lui venait, un détachement, comme s'il eût pressenti au-delà de sa vie atroce, au-delà de sa propre dureté, un royaume d'amour et de silence où sa mère était une autre que celle dont il venait d'être possédé ainsi que d'une ménade, — où Mathilde tournait vers lui un visage détendu, pacifié à jamais — un sourire de bienheureuse.

Au jour, le ruissellement de la pluie l'éveilla.

Ces matinées ténébreuses de l'hiver, qu'il les
haïssait! Il ne se souvenait même plus d'avoir
pressenti une béatitude inconnue. Toute la sale
marée de ses rancœurs refluait en lui avec ce
matin sombre. Il recroquevilla sous les draps
son vieux corps qui lui faisait mal. Il voyait sa
journée devant lui, route sablonneuse et vide
entre des landes brûlées. Il ferma les yeux pour
gagner du temps, pour atteindre, sans conscience,
l'oasis du déjeuner. Pendant que Marie de Lados
allumait le feu, disposait à son chevet le café
au lait brûlant, il feignit de dormir, la face
collée au mur.

XVII

APRÈS le repas de midi, Fernand Cazenave s'assit devant le feu, à la cuisine. Qu'il aurait eu peur s'il avait su comme, dans cette demi-ténèbre d'un décembre ruisselant, tassé au fond de son fauteuil, il rappelait sa mère au déclin! Marie de Lados entra et elle soutenait son petit-fils affaibli qui se levait, ce jour-là, pour la première fois. Elle épiait le maître, cherchant à surprendre sa pensée. Mais il ne quittait pas des yeux la flamme. Alors elle poussa vers lui le drôle apeuré, en lui répétant :

« Qué dise à Moussu? »

Fernand Cazenave ne tourna même pas la tête. Marie de Lados insista :

« Il a souffert, le pauvre. Il est bien maigre. Les yeux lui mangent la figure. »

Et elle lui tâtait les bras. Le maître avait pris les pincettes, mais dut les poser parce que ses mains tremblaient. Enfin il fixa, sur le petit drôle, un regard de glace. Et lui, qui ne savait pas parler patois, se rappela pourtant ces deux

mots familiers à son grand-père Péloueyre et
à Félicité Cazenave, quand ils voulaient qu'un
homme ou qu'une bête disparussent de devant
leur face :

« Bey-t'en! (Va-t'en!) »

Il s'était levé et il ressemblait encore à sa
mère — mais à sa mère inflexible et redoutable.
Marie de Lados recula avec une adoration terri-
fiée, et elle entraînait vers la souillarde le drôle
hérissé, sautillant comme un merle malade.

Fernand Cazenave s'établit jusqu'au soir
devant la cheminée du bureau. Dès quatre
heures, Marie de Lados apporta une lampe,
ferma les persiennes, et il demeura seul jusqu'à
ce que des criailleries l'eussent averti que la
mère de Raymond était à la cuisine. Alors, dans
l'entrée obscure, il s'assit comme la veille sur
la caisse à bois, ne bougea plus. « Non, non,
suppliait Marie de Lados, ça lui donnera un
coup de sang... » Puis le patois guttural de la
fille la submergea. Elle criait que c'était elle
qui se chargerait de mettre le couvert; mais
pourquoi sur ce ton de menace? Fernand eut
froid, il revint au bureau et, immobile, il regardait le feu. A sept heures, Marie de Lados vint
dire que Monsieur était servi. Elle prit la lampe
et l'éleva, comme elle faisait chaque soir, en
s'effaçant devant le maître qui vit en pleine
lumière cette vieille figure décomposée. Il traversa la cuisine, poussa la porte de la salle à

manger; alors il comprit : sur la nappe propre,
en face de son couvert, un autre était dressé;
et comme la table était très haute, la fille avait
disposé des livres sur la chaise pour que Raymond pût manger plus commodément sa soupe.

L'enfant pleurait derrière la porte; il n'osait
pas entrer en dépit des injonctions de sa mère
qui commençait d'élever la voix. Cependant
Fernand Cazenave sentait naître, s'enfler en lui
la vague furieuse; il laissait avec délices sa
mère le pénétrer, l'envahir, le posséder. Il se
servit un plein verre de vin qu'il but d'un trait,
puis fit un geste, et les assiettes destinées à l'enfant se brisèrent sur les dalles. Après ce fracas,
il sembla qu'il n'y eût plus à la cuisine un seul
être vivant. Le maître y pénétra, vit d'abord la
fille aux yeux de volaille et, derrière elle, les
mains jointes et levées, Marie de Lados. Il se
rappela encore les mots patois dont se servait
sa mère quand elle chassait, de devant sa face,
des bêtes et des hommes :

« Annèt ben! (Allez-vous-en!) »

La fille alors s'avança et, volubile, cria que
c'était Monsieur qui avait voulu retenir le
drôle; il lui avait même fait manquer une
bonne place; il avait toujours été entendu que
Monsieur se chargerait de lui... L'enfant était
déjà très attaché à Monsieur... Elle se tut, inti-
midée par le silence du maître, par ce regard
glacé. Il répéta :

« Annèt ben! »

La fille, hors d'elle, hurla qu'ils ne s'en iraient pas seuls, qu'ils emmèneraient avec eux la vieille. Marie de Lados avait-elle compris? Elle ne protestait pas, un peu détournée, et, de ses deux mains aux grosses veines, cachait sa figure. La porte de la souillarde s'entrouvrit et l'enfant y glissa un museau de petit renard pris au gîte. Cependant la fille, sûre de tenir l'ennemi par cette menace, montrait dans un sourire de triomphe ses gencives durcies, sa bouche noire. Ce sourire acheva de livrer Fernand Cazenave au démon maternel. Ses doigts agités cherchèrent longuement dans son portefeuille un billet de cent francs qu'il jeta à Marie de Lados (ce fut la fille qui le ramassa). Puis il ouvrit la porte et, d'une voix sans éclat, dit à la servante :

« Tu viendras demain prendre ta malle. »

Elle le regarda. A cette minute, ce n'était pas seulement son maître, mais tous ses maîtres défunts qui la chassaient. Comme elle ne s'en allait pas, il répéta, de la même voix que le vieux Péloueyre :

« Bey-t'en! »

Et il rejetait sa tête, le cou gonflé comme une Junon, — et l'on eût dit sa mère vivante.

XVIII

FERNAND CAZENAVE entendit claquer leurs sabots le long de la ligne Bordeaux-Cette, puis remplit encore son verre et, l'ayant vidé, quitta la salle. Le dernier train avait grondé sur le fleuve; la maison ne frémissait plus. De minces nuées filaient sous la lune invisible mais en laissaient la clarté s'épandre, puisque Fernand Cazenave debout, sans lampe, au milieu du vestibule, voyait son propre corps dans cette glace, près de la porte. Plus profond que les autres soirs, le silence l'entourait. Et pourtant il ne se souvenait pas d'avoir perçu, durant ses veillées, le souffle de Marie de Lados. Mais une seule respiration endormie dans une chambre éloignée émeut l'atmosphère au point qu'à notre insu, une petite vague de chaleur humaine vient battre notre cœur. Fernand Cazenave pour la première fois connaissait donc le silence. Parce qu'il entendait, comme la veille, les branches s'égoutter interminablement et qu'il n'y avait plus autour de la maison morte que

ce bruit calme de larmes, peut-être retrouva-t-il
son âme de ce moment-là, cette paix à l'approche
d'un royaume où sa mère était bien sa mère
et pourtant une autre — la même qui lui
inspira de précipiter hors de la maison une
vieille servante docile —, et pourtant cette
autre, vivante encore, vivante ailleurs, dont lui
venait ce soir un apaisement de toute colère, un
dégoût de toute dureté, ce détachement mystérieux. Du moins crut-il qu'il en était ainsi; il
ne songea pas au vin qu'il avait bu, ni qu'il
suffit souvent d'une ivresse légère pour que
nous pressentions l'éternité. Le froid le tira de
cette hébétude douce. Il frémit tout entier et
ses dents claquèrent, comme celles de Mathilde
mourante. Alors, suivant le corridor du « pavillon de l'ennemie », il alla, grelottant, de
chambre en chambre, jusqu'à ce qu'il eût
atteint celle où le clair de lune à travers les
persiennes éclairait un cadre en coquillages, et
dessinait sur le mur l'ombre délicate des lis
flétris. Sur ce palier, s'ouvrait le grenier où il
entra, et qui s'étendait d'un pavillon à l'autre,
au-dessus du vestibule. Une lucarne y recueillait
comme de l'eau la clarté toute pure de la nuit,
et l'épandait sur un coffre orné de tulipes
peintes. Fernand, trébuchant contre des choses
mortes, ouvrit la porte de la soupente où avait
dormi Marie de Lados avant qu'elle dût veiller
sa maîtresse. Elle n'avait jamais cessé d'y faire,
chaque matin, sa toilette ni d'y conserver tout

ce qui lui appartenait au monde, dans une malle de bois noir. Ici, le froid terrible sentait la savonnette et les habits de ceux qui travaillent pour les autres. Plus étroite que celle du grenier, la lucarne concentrait la limpidité nocturne sur une vierge de plâtre aux mains ouvertes, mais laissait dans l'ombre, au-dessus du lit, un corps crucifié. Ce lit était recouvert d'une vieille cretonne à personnages, seule tache éclatante, unique richesse de cette cellule, et que Marie de Lados eût rejetée si on lui avait dit que « ça valait de l'argent ». Ce fut sur cette courte-pointe que Fernand Cazenave s'assit et que, le corps projeté en avant, les coudes aux genoux, la figure dans les mains, il pleura. Le froid glaçait les larmes sur ses joues. Son corps frémissait. Il eut peur de mourir seul dans cette soupente, sortit du grenier en titubant, dut s'accrocher à la rampe de l'escalier pour descendre enfin jusqu'à son lit.

Il ne dormait pas, il sentait sur sa poitrine, sur ses membres, un poids infini. Rêvait-il que quelqu'un marchait dans le jardin? Non, puisque Péliou hurla furieusement, jusqu'a ce qu'il eût été soudain apaisé. Fernand songea qu'il avait oublié de tourner les verrous. Il entendit que cédait, sous une simple poussée, la grande porte, mais il n'éprouvait aucune peur. Des pas s'éloignèrent du côté de la cuisine, puis une lueur filtra sur le plancher. Il ferma

les yeux, les rouvrit. Marie de Lados tenait la
lampe dont une main tendue en écran rabattait la lumière sur sa face de vierge noire. Mais
elle n'avançait pas; elle attendit qu'il l'eût
appelée :

« Marie! »

Alors, ayant posé sa lampe, elle vint à lui,
et il sentit sur son front cette main usée.

Johanet. Saint-Symphorien,
le 23 septembre 1923.

IMPRIMÉ EN FRANCE PAR BRODARD ET TAUPIN
7, bd Romain-Rolland - Montrouge - Usine de La Flèche.
LIBRAIRIE GÉNÉRALE FRANÇAISE - 14, rue de l'Ancienne-Comédie - Pari

ISBN : 2 - 253 - 00292 - 5 ✠ 30/1283/